Kiss～魔法少女は修業中

青橋由高

cover illustration◎しんたろー

美少女文庫
FRANCE SHOIN

開幕前　魔法少女の最終試験　7
第一幕　委員長への片想い、私が叶えます！　22
第二幕　恋する魔法少女、初めてのドキドキ　72
第三幕　彼女の告白、想いが重なるとき　131

第四幕 結ばれた二人、けれど寂しくて…… 175
第五幕 お別れの初体験、思い出をください 204
カーテンコール? おかえり、魔法少女 260

本文イラスト・SHII-DEN

開幕前　魔法少女の最終試験

「今から、丙種《へいしゅ》魔法使役者認定試験・一次検査の結果を伝えます」

「は……はい」

なにもない、ただ広大なだけの部屋に二人の人影が向かい合っていた。

一人は二十二、三歳の、少しウェーブのかかった黒髪の美女。長身の肢体をぴったりと包みこむコスチュームは、彼女の豊満な肉体をより際立たせている。エメラルドグリーンの瞳は意志の強さと聡明《そうめい》さを感じさせるように生気にあふれていた。

もう一人は十五、六歳、あるいはもう少し幼いかと思わせる少女だった。栗色の髪を左右に分け、それぞれ大きなリボンで結《ゆ》っている。美女と同じようなコスチュームを着ているが、少女のもののほうがフリルが多く、色づかいも明るい。胸を強調するようなデザインのせいもあるが、それを差し引いても豊かなバストは目を惹《ひ》く。

「……合格よ、スゥナ。おめでとう」

「本当ですか。やったぁ！」

スゥナと呼ばれた少女が満面の笑みを浮かべ、その場で軽く飛び跳ねた。フリルや短めのスカートがふわりと舞いあがる。

「こら、まだ安心するには早いでしょ？　二次が残ってるんだから」

「はい、もちろん承知してますわ、お姉様。でも、三回目で初めて一次を通ったんですもの！　あぁ、本当に嬉しいですぅ！」

魔法使役者認定試験、通称魔法使い試験。

科学の代わりに魔法によって近代化を果たしたこの世界では、よほどの事情がない限り義務教育中に丙種《へいしゅ》に合格するのが通例になっていた。甲種《こうしゅ》・乙種《おつしゅ》は魔法の強さも合否を左右するものの、丙種では魔法をどうやって制御するかに主眼を置いているため、合格率は九十九％を超え、ほぼ百％になっている。万が一、不合格となっても何度でも受験できるため、事実上、丙種資格はデフォルトのように扱われていた。

ところが何年かに一人や二人、なかなかこの試験に合格しない強者《つわもの》も確かに存在するのだ。魔法制御力の発達が著しく遅れている（この場合は、年齢とともに解決される）か、あるいは制御しきれないほどの魔法力を秘めているかのどちらかだった。

もしも後者の場合、先々は政府の中核を成す人材になるケースがしばしばあるため、その人物には監視役がつけられる。どちらのケースかを見極めるのが監視役の仕事となっていた。

スゥナは今年が三回目の試験で、昨年から監視役——レイが配属されている。今のところはどちらのケースか判然としておらず、もう一、二年は様子を見ることになっていた。

「私の勘ではありますが、スゥナはおそらく近年稀《まれ》に見る逸材《いつざい》ではないかと思っております。ただ魔法制御力の甘さも稀に見るほどで、これには彼女の性格も大きく影響しているものと考えます。一概には言えませんが、育った家庭環境も原因の一つかもしれません」

数日前の政府直属の委員会で、レイはこう述べていた。

スゥナは幼い頃に実の両親を亡くし、今の家庭に養子として迎えられた。スゥナによると、「実の娘以上に大事にしてもらいました」。

年の離れた二人の義姉もいて、こちらにも散々可愛がってもらったらしい。今でも月に一度は家族の誰かしらがスゥナの様子を見に訪れてくることからも、スゥナがい

かに愛されているかがうかがい知れた。だがそれも、

「もしも今年も落ちたら、私はお父さんやお母さん、それにお義姉ちゃんたちに顔向けできませんっ。これ以上落ちこぼれないよう、絶対に合格したいんです！」

生真面目で心優しいスゥナには無形無言の重圧となっていた。

「だからね、スゥナ。あなたは落ちこぼれなんかじゃないって何度も言ってるでしょ？　もしかしたらあなたは、とんでもない魔法使いになれるかもしれないのよ？」

「いいえ、お姉様。自分のことは自分が一番よくわかっています。私にそんな素質があるはずがないんです。ずっとお世話をしてもらっているお姉様には悪いですが、私、本当にどうしようもない落ちこぼれなんですっ」

幼少期、ちょうど養子として引き取られた時期に、魔法をうまく使えないことで学校で苛《いじ》められた経験を持つスゥナは、頑《かたく》なに自分の持つ可能性を否定しつづけていた。

家庭環境が激変したことによる一時的な魔法制御力の低下が原因と思われるが、いくらそう説明してもスゥナは自分が落ちこぼれだと主張して譲らないのだ。必要以上に自分を卑下することが余計に才能の発露を妨げているのだとレイが言っても、一向に改善される兆候はなかった。

（このコンプレックスがなければ、本当にいい魔法使いになれるのにね……）

そうは思うものの、そんなふうにまっすぐな性格のスゥナがレイは大好きだった。スゥナを見る目が、自然と細められる。職務を離れて、まるで本当の姉妹のように付き合っているのも、スゥナを可愛いと思っているからだ。スゥナもレイによく懐き、今では「お姉様」と呼ぶようになっていた。義姉たちを「お姉ちゃん」と呼んでいるので、それと区別しているらしい。

「ところでお姉様、二次試験は実技ですよね？　今年はどんなことをすればよろしいのですか？」

「ああ、そうだったわ。今年はちょっといつもと違うのよ。この間私が委員会に呼びだされたのも、そのことについてなの」

スゥナの資質を判断するために特別な試験を課そうというのが委員会の意向だった。スゥナの将来を考えても悪くない話だったので、レイも反対はしなかった。

「人間界に赴《おもむ》き、ある人物の願望を叶えるのがあなたに課せられた最終課題よ。期間は明日からの一カ月間。もちろん、私も試験官として同行するわ」

「に、人間界ですか！　私が!?」

「ええ、ちゃんと委員会の許可証ももらってあるわよ」

スゥナやレイの住むこの魔法界とは少しだけズレた次元に存在する人間界。魔法ではなく、科学によって発展を遂げたもう一つの世界、それが人間界だった。

魔法界の人間は二つの世界を魔法（ただし、かなり大がかりな準備が必要）で行き来できるものの、逆はまだ不可能だった。いずれ科学が発達すれば可能になるかもしれないが、それはまだまだ先の話だろう。そのため魔法界は人間界のことをよく知っているが、人間界では魔法界の存在すら気づいていない。

「だから先週、あなたにパスポートを用意しておきなさいって言ったのよ」

「あ……」

レイの言葉に、スゥナの顔から血の気が引いていく。大きめの目がきょろきょろと落ち着きなく動きはじめた。

「もしかしてスゥナ、忘れていた、なんてわけ、ないわよね？　ね？」

先ほどまでスゥナを見ていた穏やかな目が、ゆっくりと見開かれていく。可愛い妹を見る目ではなく、監視役としての厳しい目だった。

「だ、だってお姉様、あの……はわわっ、ご、ごめんなさいっ！　今すぐ外務局に行って申請してきますっ！」

「待ちなさい、スゥナ！　今から行っても間に合わないわよ！」

パスポートの申請には普通一週間はかかるうえ、今回は人間界への特別な渡航。おそらく普段よりも時間がかかるはずだ。予定出発時刻は明日の午後。到底間に合わない。

「……いいわ、委員会にかけ合って、なんとかしてもらうから」

「ご、ごめんなさい……」

スゥナはすっかり意気消沈し、背中を丸めてうつ向いている。幼い容姿と相まって、まるで母親に叱られた子供のようだった。

「その代わり、あなたにはちょっとお仕置きが必要なようね。こんな大事なことを忘れているようじゃ、この先の実技試験が思いやられるわ」

「お、お仕置き、ですか……」

お仕置きと聞いて、スゥナが怯《おび》えたような、でもどこか期待するような目でレイを見た。たとえお仕置きであろうとも、憧れのお姉様とのスキンシップにどうしても胸が躍ってしまうのだ。もちろん、本気で怒られるのではないことをわかったうえでの反応である。

「あら、なんだか嬉しそうね、あなた。……そう、それなら今日は、とっても厳しいお仕置きにしてあげます。覚悟なさいね」

レイは切れ長の目を細め、妖艶に微笑んだ。スゥナに見せつけるように上着から右肩を露わにし、誘うような視線を送る。匂いたつような色香を漂わせるうなじと肩の透き通るような白さに、スゥナがごくりと喉を鳴らした。

（ウフフ……この子ったら、本当に可愛いわ……）

お仕置きすると言っているにもかかわらず、いけない期待を隠しきれないスゥナ。なんとか神妙な表情を繕《つくろ》おうとしているところが健気《けなげ》で愛らしい。

「さ、こっちにいらっしゃい。お姉様が直々にあなたを罰してあげるわ」

レイ自身の声にもわずかに艶めいたものが混ざりはじめ、鮮やかな緑色の瞳が情欲に潤みだす。

ソファに腰かけ、革張りの背もたれに身体を預ける。ミニスカートから惜しげもなく伸びた肉感的な太腿にスゥナの視線がちらちらと注がれている。年齢よりも三歳は下に見られる童顔を紅潮させながら、レイの言葉をじっと待っている。

「ここに寝そべりなさい。私の太腿にうつ伏せになるように」

レイのそんな指示に一瞬躊躇《ちゅうちょ》するような素振りを見せたものの、スゥナは素直に言われた通りに従った。レイのすらりと伸びた太腿にお腹を乗せると、ちょうど猫が飼い主の膝の上に寝そべるような格好になった。もちろん猫のようにすっぽりと寝られるわけもなく、胸から上と腰から下は大きく太腿からはみだしている。

「な、なにをなさるんですか、お姉様……」

不安と期待の混ざった顔でレイを見あげるスゥナは、まさに猫そのものに見えた。レイと同じか、あるいはそれ以上のボリュームを誇る乳肉の柔らかな感触が太腿に心地よい。

「フフ、お姉様の大事な言いつけを忘れるようないけないない子には、こうよ！」

「ひゃあぁ⁉　お、お姉様、いったいなにを……きゃあん！」

レイはいきなりスゥナのスカートのなかに手を差しこみ、ショーツを引きずりおろした。胸に比べるとまだまだ熟していない少女の臀部《でんぶ》が露わになる。つるりとしたその白桃のような尻肉に、おもむろにレイの平手が打ちこまれた。

パーンっ！

「きゃふぅ！」

白いすべすべの肌に、見事な手形が浮きあがる。もちろん手加減しているのだが、敏感な肌はすぐに赤く腫《は》れてしまう。

パーン、パーン！

つづけざまに手が振りおろされ、二人きりの室内に乾いた打撃音が響く。レイの手のひらが左右の柔肉を交互に、そしてさまざまな角度からスパンキングしていく。スゥナの小さな尻があっという間に真っ赤に染まり、まさに食べ頃の桃のようになってしまった。

「どう、反省した？」

自身も目尻のあたりを桃色に染めたレイが、スゥナの熱を持った尻を撫でまわしながら問《と》い質《ただ》す。

「は、はい、スゥナ、いっぱい反省してますぅ。二度と、お姉様のお申しつけを忘れたりしませんですぅ」

痛みよりも、この年になって尻を叩かれるという恥ずかしさがつらい。スゥナは大きな瞳に涙をたたえながら、それでもまっすぐにレイの瞳を見つめて反省の言葉を述べた。

「本当ね？」

「本当です、信じてください、お姉様っ」

「……いいわ、お仕置きはここまでにしてあげる」

その言葉に、安堵《あんど》の表情を浮かべるスゥナ。だが、

「でもね、スゥナのここは、まだ物足りないって感じよ？　もしかしてあなたったら、お姉様にお尻ぺんぺんされて感じちゃったのかしら？」

レイの細く白い指が、赤く腫《は》れた臀部《でんぶ》の割れ目の奥に潜りこむ。まだ幼さを残す秘裂はぴったりと閉じ合わさっているが、その割れ目の表面にはうっすらと透明な液体が滲《にじ》んでいた。尻の表面はピリピリと痛むのに、その内側はじんじんと熱く疼いてしまう。スゥナは耳まで真っ赤になりながらも、レイの指に押しつけるように腰を振ってくる。

「ふふふ、スゥナったら本当にいやらしい子ね。お仕置きでアソコを濡らすだけじゃなく、お姉様の指をせがむなんて……」

「だ、だってぇ……お姉様が……レイお姉様が、スゥナをこんなエッチな娘にしたんじゃないですかぁ。……ああん、お尻、熱いですぅ」

スゥナとレイがこんな関係になったのは半年ほど前からだった。もっとも、戯《たわむ》れに互いの身体を愛撫し合う程度で、それほどディープな関係にまでは踏みこんでいない。

この世界は男女比率が非常にいびつで、男はせいぜい女の一割程度しかいない。そのためスゥナとレイのような関係も珍しくはないし、社会的にも認知されている。

「仕方ないわね。今日は一次試験合格のご褒美に、たっぷりと可愛がってあげるわ」

「ああ、嬉しいです、お姉様ぁ。……ん……んうっ……ふぅんん……」

レイの柔らかな唇がスゥナの首筋を這いまわる。うなじのあたりの産毛《うぶげ》が総毛立ち、フリルのコスチュームに包まれた身体が快感に打ち震える。

「お姉様、お姉様……ぁ……」

「さあ、脚をひろげて、お尻をこっちに向けなさい。スゥナのイヤらしいアソコを、全部見てあげるから」

「あぁ、は、恥ずかしいですぅ……やあン！」

スゥナをソファに後ろ向きに座らせ、赤く腫《は》れた臀部《でんぶ》を突きださせる。痛々しく染まった尻肉の狭間に、未発達なクレヴァスが確認できた。

「おっぱいはこんなに立派なのに、スゥナのオマ×コは子供みたいね。毛も少ないし」

スゥナのふくよかな乳房を優しく揉みしだきながら、焦《じ》らすように丸出しの秘部に熱い吐息を吹きかける。間近で濡れた秘裂を凝視《ぎょうし》される羞恥に、スゥナの全身がガクガクと震えはじめた。そのくせレイに愛撫されている乳房の先端は甘く痺れ、コスチューム越しにもはっきりとわかるほど硬くなっている。

「んふふ、もう、乳首、ピンピンじゃないの。それに、こっちのほうも尖ってきてるわよ？……」

「ふやああっ、ダメ、お姉様、そこはぁ……はあぁんん！」

レイの温かな舌がスゥナの肉豆をつつく。レイによって何度もいじられた敏感な突起は、わずかな刺激にもすぐに反応するようになっていた。簡単に包皮が捲《まく》られ、その下に隠されていたクリトリスを舐めまわされる。

「ひうぅ！　ひっ、ひぃぃン！　やっ、ダメ……ああ、か、感じすぎちゃいますぅ！ あぁ……あ、はあぁぁっ！」

ソファの背もたれにしがみつきながら、次々に襲ってくる甘美すぎる刺激を堪《こら》える。大きく開かされた脚の付け根がプルプルと震える。

（相変わらず敏感で可愛いわ、この子……）

いつもならここで自分にも奉仕をさせるところだが、今日は一次試験合格のご褒美と、一気にスゥナを絶頂へと追いたてる。

両手でスゥナのしこった乳首をいじりながら、舌と唇を器用に使って充血したクリトリスを責める。

「うあぁぁ、イイ、クリ、気持ちイイっ！　おね、お姉様、私、もう……っ」

「いいわよ、イキなさい。我慢しなくていいから、好きなだけイッちゃっていいのよ、スゥナ。……ほら、これならどう？」

必死になって絶頂の一歩手前で踏ん張っていたスゥナに、レイの苛烈な責めが襲いかかった。口を窄《すぼ》め、限界までふくらんだクリトリスを思いきり吸いあげられたのだ。

「イヤアァ！　伸びる、スゥナのクリ、伸びちゃふうぅッ！　ああ、イッちゃふ、スゥナ、お姉様にイカされちゃいまふぐうぅ……んあぁ……っ!!」

歓喜の涙と汗にまみれた顔を天井に向けるように、スゥナの小柄な身体がのけ反った。スパンキングに腫《は》れた臀部《でんぶ》をレイの顔面に押しつけながら、絶頂の悦楽に肢体を激しく震わせる。

「うあ……あっ……はう……っ」

だらしなくひろげたままの口から断続的に呻《うめ》き声をもらすスゥナの顔を、レイが満足そうに覗きこんでいる。軽く頬にキスをしてから、

「ほら、いつまで呆《ほう》けてるの？　これくらいでへばっててどうするの。夜はまだはじまったばかりなんですからね、スゥナ」

口のまわりをスゥナの愛液で汚したままのレイが、惜しげもなくコスチュームを脱いでいく。成熟した色香を漂わせる裸体がスゥナの視線を惹《ひ》きつける。

「ああ、お姉様ぁ……」

二人はどちらからともなく互いを抱き合うと、ゆっくりと寝室へと歩いていった。

最終試験開始前夜は、こうして更《ふ》けていった。

第一幕 委員長への片想い、私が叶えます！

1 空から生下着？

青空がどこまでもひろがる快晴の日曜日、閑静な住宅街をコンビニの袋を持った男女三人が歩いていた。

「いいかっ、俺が合図したら、さっさと適当な理由つけて帰るんだぞ！　いいな！」

三人のうちの一人、波留俊哉《はるとしや》は横を歩く幼なじみ二人に向けて、しつこく念を押していた。

「はいはい、わかってるって。お前、さっきからそればっか」

「大丈夫よ、そんなに心配しなくたって。あたしたち、俊哉くんの味方だって言ってるでしょぉ？」

答えたのは、俊哉と小学校からの付き合いという聡《さとし》と久美子《くみこ》だ。家も近所であり、典型的な幼なじみである。今年、三人は小学校以来という同じクラスになったのだから、もうほとんど腐れ縁と言えよう。

俊哉が長身で聡が普通、久美子は平均よりも下という、見事なデコボコぶりは、歩いているだけでなかなかに目立つ。

俊哉はやや短めの髪に太い眉、きつく結ばれた唇が精悍《せいかん》な印象を与えているが、ころころと変わる表情がとっつきにくさを緩和していた。特に笑うと目尻がさがり、人懐っこい顔になる。

聡は逆におっとりとした性格そのままの顔のつくりで、普段から笑みを絶やさない。おそらくあと十年もすれば、目尻には深い皺ができるだろうというのが俊哉の予想だった。

久美子はぽっちゃりとした頬が可愛い少女で、きっちりした三つ編みがよく似合っている。もう少しおしゃれに気を遣えば男から人気が集まりそうだが、「そうゆうのめんどくさいから」と、今後も三つ編みはつづけるらしい。

「おい久美子、ホントに委員長、来るんだろうな!?」

「だーかーらー、大丈夫だって言ってるでしょ、もうっ。あんまりしつこいと、委員長に嫌われちゃうぞお」

「うっ。そ、それはまずい……」

久美子の言葉に俊哉が押し黙る。

「でも俊哉、お前、なんで委員長が好きなんだ？　あ、いや、委員長が悪いってわけじゃなくって、どう考えてもお前とイメージが……」

「いいじゃないか、好きなもんは好きなんだから」

佐倉詩織《さくらしおり》。今年のクラス替えで一緒になった同級生に、俊哉は片想いの真っ最中だった。ホームルームで一緒にクラス委員に推薦されたのをきっかけに、俊哉はすっかり詩織に熱をあげていたのだ。

俊哉が初めて詩織を見たときの印象は、決して特別なものではなかった。むしろ、ネガティブなイメージを受けたというのが正直なところだった。

綺麗に切りそろえたセミロングの髪がよく似合う、確かに美少女と呼べる容姿ではあるのだが、常に他人を拒絶するような冷たい眼差しと態度がそれを台なしにしていた。ぶっきらぼうとまではいかないが、お世辞にもとっつきやすい性格でもない。

それでも同じクラス委員になってから徐々に本当の姿が見えてくると、一気に俊哉の心は詩織に惹《ひ》きつけられた。冷たいのではなく、ただ人と付き合うのが下手な、不器用な少女ということがわかってきたのだ。俊哉は持ち前の人懐っこさと明るさで何度も詩織に話しかけ、少しずつではあるが、詩織もそれに応えてくれるようになった。俊哉を介して他のクラスメイトとも話すようになり、二学期になった今ではかなりクラスにも馴染んできた。

(あとはもっと、個人的に親しくなりたいんだよなあ)

それが俊哉の切なる願いだった。

「意外だよねぇ。俊哉くん、もっと明るい女の子が好みだと思ってたから」

「俺もだよ。お調子者の俊哉と典型的な優等生の委員長じゃ、正直不釣り合い……うがっ!」

言い終わる前に、聡の顔が天を向く。俊哉の美しいアッパーカットが顎を完璧にとらえていた。これがリングの上であったなら、レフェリーがとめに入ってもおかしくないほどの見事なパンチであった。

「うっせえ! お前らは俺の言う通り、委員長が来たらさっさと帰ってくれればいいんだよ! あとは……その、ほら……うん、あれだよ、うん」

俊哉は顔を真っ赤にして言葉を濁した。

「ちゃんと告白できるのか、お前?」

「俊哉くん、普段はおしゃべりなのに、そういうときに限って無口になっちゃうんだもん」

「う……当たってるだけに言いかえせんのが悲しい……」

クラスには必ず一人はいるというお調子者が俊哉だった。よくも悪くもクラスの中心で大騒ぎをするタイプで、そのくせ面倒見もいいものだから、いつもクラスの委員長に推薦されたりする。

成績は平均だが、運動神経抜群で社交性に富み、しかもルックスも悪くないとなれば、女生徒の受けが悪かろうはずもない。事実、これまでにも何度か告白されたこともあり、何人かと付き合ったこともあった。

しかし、それは長くはつづかないのだ。

「お前ってさ、端《はた》から見る印象と内面が一致してないんだよな」

聡が指摘したように、俊哉は豪放に見えて繊細で、意外に傷つきやすい一面を持っていた。しかもそんな自分の本性を知られるのを恥ずかしいと思ってたりするものだから、余計に周囲から誤解されてしまうのだ。損な性格ではある。

「こ、今回は本気だぞ、俺！　この日のために、散々練習したんだからなっ」

「練習って……告白の？」

「おう！　毎晩一人で、鏡に向かってだな……ってなに言わせるんだ、コラ！」

「お前が勝手に言ったんだろ！」

そんなバカなやりとりをしていると、いつの間にか三人は俊哉の自宅に着いていた。

今日はこれから、文化祭についての打ち合わせをここで行なうことになっていた。明日の月曜、文化祭の出し物に関するホームルームがあるのだ。聡と久美子はお手伝い要員だった。ちなみに無報酬《むほうしゅう》。

「あれ？　玄関にいるの、委員長じゃないかしら？」

見れば、確かに委員長こと佐倉詩織が玄関の前で困惑顔で立っている。呼び鈴を鳴らしても留守なので、どうしようかと思案しているように見えた。

「ああ、委員長！　ごめん、ちょっと買い出しに行ってたんだっ」

「あ、波留くん。……よかった、誰もいないから困ってたの。三十分も早く来た私が悪いんだけど」

「悪い悪い」俊哉は大急ぎで鍵を開け、「ささ、どうぞ。遠慮なく」と家のなかへ詩織を案内する。

聡と久美子は勝手知ったる他人の家、慣れた様子で波留家の敷居をまたぐ。

昨日丸一日を費やして徹底的に掃除した自分の部屋へ、詩織を招き入れる。いきなり自室というのはどうかとも考えたが、詩織は特に抵抗を見せることもなくすんなりと入室した。もちろん、これが俊哉との二人きりだったなら話は全然違うのだろうが。

「へえ……綺麗ね、波留くんのお部屋。ちょっと意外……って言ったら失礼かしら?」

詩織が感心したように部屋を見まわしている。

(やった! 掃除した甲斐《かい》があったぜ!)

心のなかでガッツポーズをする俊哉を、聡と久美子が笑いを堪《こら》えながら見つめていた。もちろん二人は、普段のこの部屋の惨状を熟知しているからだ。

「それじゃ、早速はじめましょうか」

筆記具を取りだし、詩織がそう告げる。いきなり文化祭の打ち合わせをはじめようとするが、

「ちょ、ちょっと待ってよ。もうはじめるの?」

「え? だって、そのために集まったんでしょ?」

「それはそうだけどさ、少しくらい、親睦を深める意味でも、おしゃべりしてからとか……」

俊哉がなんとか食いさがる。この機会に少しでも詩織と親密になっておきたいので、

必死だった。学校以外で詩織と会話するのも、実はこれが初めてなのだ。

「あ、あたし、飲み物持ってくるねっ。今、ジュースとかお茶買ってきたから」

気を利《き》かせた久美子が立ちあがると、「俺も手伝うよ」と、当然のように聡も一緒になって一階の台所へと降りていった。ちなみにこの二人、かなり前から付き合っている。自分たちだけカップルになったのが後ろめたいせいもあるのか、二人は実に俊哉に対して協力的だった。

「本当にあなたたちって仲がいいのね。まるで自分の家にいるみたいよ、あの二人」

「小学校からの腐れ縁だからな。親同士も交流あるし、ま、ほとんど親戚みたいなもんだ」

「ふうん……いいな、そういうの」

「委員長はそういう友達っていないの？　幼なじみとかさ」

「私みたいなつまらない女と友達になろうなんて奇特な人、そうそういないわよ」

詩織は微妙に顔を曇《くも》らせ、そう答えた。

そんなことない、と言おうとしたところに聡と久美子が氷の入ったグラスを持って帰ってきた。飲み物だけでなく、一緒に買ってきたスナック菓子などもお盆に載《の》っている。

これを機に四人で菓子をつまみながらのおしゃべりがはじまった。もっとも、口を開いているのは大半が俊哉（しかもほとんど詩織に向かって話しかけている）で、詩織はあまり親しくない級友たちを相手に遠慮しているのか、あまりしゃべらなかった。ただ、普段から詩織はそういった感じなので、聡も久美子も特に驚くことはなかった。

「……そろそろはじめましょうか？」

ちょうど会話が途切れたところへ、タイミングよく詩織が切りだした。

「あ、ああ、そうだな。肝心の打ち合わせ、しないとな」

もうちょっと詩織とおしゃべりをしていたかった俊哉は、あからさまに残念そうな表情を見せたが、詩織は一向に気にせず、あるいは気づかずにノートを開いた。自分が書記の役目も果たすつもりらしい。ホームルームでも、大抵は詩織が板書をしている。俊哉の字が下手なせいもあるかもしれないが。

「文化祭ったって、だいたいやるもん決まってるよなー」

「模擬店って、一学年で二クラスって制限あるんでしょ？」

「あとは劇とかお化け屋敷……アンケート発表……」

「なんかありきたりだなあ」

大学などとは違い、高校の文化祭だと、どうしても制限が多くなってしまう。準備期間も予算も発表スペースも限られているなかでは、そうそう突飛《とつび》なことはできない。となると自然と定番のものに意見が落ち着いてしまうのは古今東西《ここんとうざい》、どの高校のどのクラスでも同じことのようだ。

「あたし喫茶店やりたいなー。ウチのクラスの女子も、みんなそう言ってたよー」

「でも、あれって抽選だろ？　一学年に二クラスって制限あんだから、当然抽選にもれたときのことも考えておかないと」

「男子からはなにか意見、出てる？」

それまで黙々とペンを走らせていた詩織が少しだけ顔をあげ、俊哉と聡を見た。詩織の、まっすぐに話す相手の目を見るところが俊哉は好きだった。

セミロングの黒髪はサラサラという音が聞こえてきそうなほどに脂気《あぶらけ》がなく、詩織が顔を動かすたびに柔らかに揺れ動く。

勝ち気そうな瞳は気持ち吊り目で、余計にキツい印象を与えていた。すっと通った鼻梁《びりょう》は高く、唇はいつも結ばれている。全体的に少し気の強そうな印象を与える容姿だが、根は優しく、気配りのできる女の子だということを俊哉は知っていた。

（ああ……やっぱりいいなあ、詩織さん……）

ぼんやりと詩織の顔に見とれている幼なじみを横目で見つつ、聡が代わりに質問に答える。

「んー……今のとこ、あんましそーゆー話題は出てないな。だよな、俊哉？」

「あ？　ああ、ウチのクラスの場合、そういうイベントは女子のほうが盛りあがるよな。体育祭のときもそうだったし」

「ふぅん……。このままだと、明日のホームルームでも模擬店ってことになりそうね」

ペンでノートをトントンと叩きながら、詩織が少しだけ困ったような声を出す。眉根を寄せるそんな表情も、俊哉は好きだった。

「できればこの場で、それ以外の案を用意しておきたいところね。そうすれば明日、参考案としてみんなに提示できるんだけど」

ホームルームでは、そうそう活発な意見なんて出てこない。一学期の経験上、クラス委員の俊哉と詩織はそのことを身に染みて感じていた。文化祭の出し物は明日中に決めて、そのまま実行委員会に書類を提出しなければならないのだ。日曜日にわざわざ集まってこんなことを話し合っているのも、俊哉の下心だけが原因というわけでもなかった。八割方は下心ではあったが。

「委員長はなにか希望、ないの？」

「私？　いいえ、特には。どうせ私、なにをするにしても裏方になるのは決まっているし」

「そう？　もし模擬店で喫茶店やるんだったら、俺、委員長のウエイトレス姿見てみたいなー」

俊哉が冗談めかして言うが、もちろん本心からのコメントである。可愛らしいウエイトレス服を着た（しかもなぜか超ミニスカート）の詩織を妄想してみる。

（うおお、見てえ！　詩織さんのウエイトレス、思いきり見てえよお！）

しかし当の本人はそんな魂の叫びなど知るはずもなく、

「私みたいな女がそんな格好しても、きっと似合わないわよ」

と、まったく乗ってこない。謙遜《けんそん》ではなく、本気でそう思っているような言い方だった。

「ま、まあそれはともかく、模擬店以外のアイディアは必要だよな、確かに」

結局、また元の議論に戻ってしまう。それでも四人でいくつかの案を出したところで、

「あ、俺そろそろ帰るわ。家の用事があるんだ」

「そうだ、あたしもお母さんにお買い物頼まれてたの、思いだしちゃった」

あらかじめ打ち合わせておいた通り、聡と久美子が立ちあがった。

（よし、ナイスだ！　あとでメシくらいオゴっちゃるぞ、二人とも！　ただし一人五百円までだが！）

俊哉、胸のなかで親指を突き立てる。

「悪いけど、あとは俊哉と委員長の二人で煮つめておいてくれないかな？」

「ごめんね、委員長。本当は最後まで付き合いたかったんだけど」

白々しくそんなことを口にする二人を、詩織はまったく疑っていないようだった。

「ううん、いいの。本当はクラス委員である私と波留くんの二人だけでやらなきゃいけないんだもの。せっかくの休日に付き合ってくれてありがとう。それじゃ、また明日、学校でね」

詩織を騙していることに罪悪感を覚えたのか、聡と久美子は少しだけ引きつった顔で俊哉の部屋から出ていった。

「あんまり遅くまでお邪魔していても悪いから、さっさと決めましょう」

部屋に二人だけになったことにまったく動じることもなく、詩織は打ち合わせを再開させる。男の部屋に二人きりという状況で警戒する様子は微塵《みじん》も感じられなかった。

（俺って、もしかして男として見られてないのかな？……）

もんもんミ

露骨に警戒されるのもいやだが、まったく普通に接せられるというのも複雑な心境だった。

(まあいい、いきなり告白ってのもアレだし、しばらくはこのままチャンスをうかがうか)

それに、今日中にこの懸案事項を片づけておかなくてはならないのも事実だった。自分だってクラス委員なのだ、いい加減なことはしたくなかった。責任感が強いという点では、俊哉も詩織も似た者同士であった。

「う〜ん……やっぱりありきたりなものになっちゃうね」

「仕方ないんじゃないか。あとは明日、みんなが面白いアイディアを出してくれれば一番いいんだけどな」

そう、明日のホームルームで建設的な意見がクラスメイトから出されればそれがベストだった。ただ、俊哉たちのクラスにそういったことを望むのは難しいからこそ、クラス委員である二人が苦労しているのだ。

「とりあえず、予備案はこんな感じでいいかしら」

几帳面《きちょうめん》な性格なのだろう、詩織は出し合った案をノートに清書している。丸文字とはほど遠い、きっちりとした筆跡が詩織らしい。

二人が出した結論は、こうだった。

まずはクラス全員から意見を求め、そこで面白い案が出ればそれを採択する。

もしも目新しい意見が出ず（この可能性は極めて高いと思われた）、出店枠のある模擬店が多数決で選ばれた場合、予備として第二希望を多数決で決定する。

その予備案の候補は、

「お化け屋敷、アンケート発表、バザー、そして劇、と……。どうしても平凡なものになっちゃうなあ」

「仕方ないわよ。あまり奇をてらったものだと、もしもそれに決まった場合、みんながやる気にならないかもしれないもの。特に劇なんて絶対にブーイング食らうでしょうね」

「あー、確かにな。俺、そんなかで選べって言われたら、絶対に劇だけは選ばねー」

学校によっては文化祭への不参加を認めているところもあるようだが、俊哉たちの高校では全クラス参加が義務づけられていた。よって、どんなに面倒だろうとも、なにがしかの案は明日中に決定しなくてはならない。

「じゃあ、今日のところはこれでお開きね。気づいたらこんな時間だし、もうおいとまするわ」

時計を見ると、確かに時刻は七時近かった。

（ま、まずい！　肝心の告白、してねえよっ）

打ち合わせにのめりこんでしまい、すっかり当初の目的を忘れてしまっていた。詩織はもう文具を片づけて帰る準備をはじめているし、だからといって、いきなり「好きだっ」なんて言えるわけがない。

（ここでいきなり告白できるくらいなら、あんなに練習しねえし！）

あわてて心の準備をはじめるが、当の本人が目の前にいてはそうそう集中できない。

だが、ここで引きさがるほど俊哉も弱くはなかった。ぐっと唇を噛み、何度も繰りかえした告白の言葉を頭のなかで復唱する。

（ずっと好きだった、ずっと好きだった、付き合ってくれ、付き合ってくれ……）

「どうしたの？　波留くん、なんだか変な顔してるわよ？」

急に押し黙ってブツブツ言いだした俊哉を、詩織が不審《ふしん》そうに見ている。

「い、いや、あの、その……」

「ん？」

「あの……俺、委員長に話があるんだけど……」

ゴクリ。

唾を呑みこみ、覚悟を決める。今を逃せば、次のチャンスがいつ来るかわからないのだ。協力してくれた幼なじみ二人にも申しわけが立たない。

「委員長、俺、実は前からキミのことをあわあぁぁぁ!?」

一世一代の告白の瞬間は、しかし、いきなり天井から生えでた二本の脚によって妨害されてしまった。

色白の、それでいて健康そうに引き締まった脚が二本、俊哉の部屋の天井からにょきりと生えていた。細い足首、たおやかな曲線を描くふくらはぎ、柔らかそうな太腿は、どうやら若い女性のものと思われた。あともう少しで両脚の付け根が見えそうだ。

「ぎゃ、逆八つ墓村!?」

「な、なにあれっ」

俊哉と詩織は驚愕に目を見開いたまま天井を見あげた。天井から生えた女性の脚という、ある意味非常にシュールな光景だった。もっとも、その脚がバタバタと動いていなければ、の話だが。シンクロナイズドスイミングをプールのなかから見あげるときっとこんな感じだろうと、俊哉は妙なことを思ってしまった。

「はにゃにゃにゃっ、ぬ、抜けないですぅ!」

天井の上のほうから、なにやら可愛らしい声が聞こえる。どうやら、この脚の持ち主である少女の声のようだ。

「ほら、あわてないで。全身に意識を集中なさい」

と、今度は別の女性の声がした。こっちは落ち着いた声で、大人の女性らしい。

「さ、一緒に降りるわよ」

「は、はい、お姉様っ」

「なんなんだよ、いったい……って……ふがガッ!?」

俊哉の視界が、いきなり真っ暗になった。同時に、顔面にすごい衝撃が伝わってくる。

「かはッ！」

思いきり殴られたような感じで、俊哉があお向けに倒れる。床にしたたか後頭部を打ってしまい、目の前に星がちかちかと飛んでいく。

(痛ぇ……し、しかも……息苦しいぞ、おい!?)

後頭部を床に押しつけてくるそのなにかが、俊哉の口と鼻を圧迫してきた。痛みだけでなく、今度は窒息の恐怖が襲ってくる。妙に生温かい、布のようなものが呼吸の邪魔をしていた。目は開いているのに視界が真っ黒で、いったいなにが起こっているか判然としないのも余計に俊哉を焦らせた。

「んぅー、んー！」

なんとか逃れようと頭を横に振ると、やや湿った感じの感触が鼻と唇に伝わってきた。同時に、

「ひゃふン！　や、やです、そんなとこ……あはぁ！」

女の子の、妙に悩ましい声が顔の上から聞こえてきた。

（な、なんだ、今の声？）

ギクリとして俊哉の動きがとまる。息苦しさを堪《こら》えて、なんとか状況を把握しようとする。とりあえず、この顔面にのしかかっているなにかをどけようと手を伸ばす。

俊哉の側頭部を挟みこんでいる柔らかな物体に手が触れた途端、

「はあぁっ！　やだ……あン！」

また変な声が頭上から降ってきた。あわてて手を離すと、再び湿った感じの布が顔面に押しつけられてしまう。

（く、苦しい……っ）

酸素を求めて必死に息を吸いこむと、甘酸っぱい匂いが鼻腔からなだれこんできた。それほどきつい匂いではないが、一気に吸ったためにむせてしまう。

「ごほっ、ごほっ……かはッ！」

「あぁン、ダメ、そ、そんな……やあぁっ！」

肺のなかに残っていたわずかな酸素が咳とともに吐きだされ、いよいよ俊哉の意識が遠のきはじめた。女の子の声も妙に遠くに感じられる。

「スゥナ、さっさとどいてあげなさい。その子、窒息しちゃうわよ？」

「え？……は、はいぃ！　ああっ、だ、大丈夫でしたか!?」

ようやく、顔面を押圧していたものがどいてくれた。真っ暗だった視界も元に戻る。新鮮な空気を思いきり肺胞《はいほう》に送りこむ。

「けほっけほっ……。な、なんなんだよいったいっ!?」

赤くなった鼻を押さえながら俊哉が起きあがると、

「え？　あんたら……誰？」

見慣れた部屋のなかに、見慣れない格好をした二人の女がいた。一人は俊哉や詩織と同じ年頃の少女、もう一人は女子大生、あるいはそれよりも年上と思《おぼ》しき女性だった。どちらも、妙に派手な衣装を身にまとっていた。肌の露出は多いし、身体のラインがはっきりわかるような薄い素材も艶めかしい。そのくせフリルが妙に可愛らしい。

「こんな初対面で申しわけないけれど、どうか許してくれないかしら」

最初に口を開いたのは、年上と思しき女性——レイだった。身体にピッタリと貼りついた煽情的な服と、それに包まれた肉感的な肢体につい目が惹《ひ》きつけられてしまう。

「スゥナ、あなたも謝りなさい」

「はい……。あの、どうもすみませんでしたっ」

もう一人の少女――スゥナが思いきり腰を折り曲げて謝罪する。床に尻をついたままの俊哉のすぐ前でそんなことをしたので、ちょうど目の高さに白い太腿があった。短いスカートから大胆に伸びた柔らかそうな腿を見て、

（あ……もしかして、さっきのって……この娘のお尻!?……）

先ほど顔面を襲った柔らかい布は、すると下着だったのだろう。そういえば、顔を動かしたとき、妙に色っぽい声が頭上から聞こえたような気もする。

（しまったっ。こんな可愛い娘の股間なら、もっとしっかり味わえばよかった!……ってそうじゃないだろ、俺っ）

まだほのかに残っているあの感触を反芻《はんすう》したくなる誘惑をあわてて打ち払い、目の前の事態と向かい合う。

突然、自室の天井から落ちてきた美少女と美女。はっきり言って、異常事態だ。こんな話を誰かに話しても、まず信じてもらえないだろう。だがここには、俊哉と同じくこの事態を目の当たりにした証人が存在する。

「な、なんなのよ、これ……」

目前で起こった異様な事態に言葉を失っていた、その証人である詩織がようやく口を開いた。いつもの冷静な委員長の姿はそこにはいなかった。

(こんな状況で冷静でいられるほうが珍しいけどな)

人間というのは面白いもので、他人が取り乱すのを見ていると、逆に自分は冷静になるものだ。今の俊哉がまさにそうだった。一度大きく深呼吸をして、あらためて二人の闖入者《ちんにゅうしゃ》を見る。

「あんたら……誰？　どこから来た？　それに……なんなんだ、その格好は？」

「ああ、紹介が遅れたわね。私はレイ、そしてこの子はスゥナ」

「いや、名前を聞いてるわけじゃ……」

「わかってるわ。まずは名乗るのが礼儀だからね。少しは落ち着きなさい、波留俊哉くん」

長い黒髪の美女、レイが俊哉の名を口にした。薔薇《ばら》色の唇をほころばせ、たおやかな笑みを浮かべて俊哉のことを見つめている。

「ど、どうして俺の名を？」

「ちょっと待ってね。今、全部説明してあげるから。でもその前に、詩織さんの記憶、いじらせてもらうわね」

「え、わ、私っ？」

いきなり自分の名を聞いた詩織が、ようやく我れにかえった。

その詩織の顔の前に、レイが手のひらを向ける。

「…………」

レイの唇が小さく動き、なにかを呟く。言葉であって言葉でないそれは、魔法を発動させるための呪文だった。詠唱の開始と同時に、部屋に妙な圧迫感が生じる。耳の奥が痛くなるのは、気圧が変化したせいだろうか。

魔法のなかでも特に強力なものには道具や触媒、あるいは呪文などの『鍵』が必要となることが多い。『鍵』がなくても発動させることは可能だが、成功確率はぐんとさがる。レイほどの使い手であっても、それは変わらなかった。

「……………っ！」

呪文の詠唱が終わる。そして、部屋に満ちていた圧迫感が消えた。

「委員長っ!?」

レイに魔法をかけられた詩織が眠るように気を失っていた。

「大丈夫よ、三十分もすれば目を覚ますから。悪いけど、ちょっとだけ記憶をいじらせてもらったの。俊哉くん以外に魔法のこと知られるの、まずいから」

「えへへー、お姉様の魔法はすごいんですよぉ」

スゥナが自分のことのように、胸を張る。可愛らしい服の下で、豊かなふくらみが揺れるのが見えた。

「ま、魔法？　記憶？」

「そう、魔法。すぐには信じられないかもしれないけど、私とスゥナはここことは違う世界から来た魔法使いなの」

「はあ……魔法使い、ですか……」

「でもね、そこの世界に住んでいるからって、みんながみんな魔法使いってわけじゃないの。魔法使いになるための国家試験があるのよ」

「すっごく難しいです、その試験。私、もう二年つづけて失敗してるんです」

「は、はあ……国家試験……」

魔法と国家試験という単語がなかなか頭のなかで結びつかない。

「いえ、本当はそんなに難しくない……と言うか、落ちるほうが珍しいという形式上の試験なんだけど……」

困ったような顔でレイが補足する。

「まあ、それはともかく。……それでね。スゥナもこのたび、なんとか最終試験までこぎつけたのよ。この実技試験さえパスすれば、この娘も晴れて魔法使いとなれるの」

「はあ。それはまあ、頑張れとしか……。だいたい、それと俺とどんな関係があるわけ？　委員長まで巻きこんじゃってさ」

魔法で意識を失わされた詩織を横目で確認してから、気持ち睨むようにレイとスゥナを見る。せっかくの告白を邪魔されたことで、若干《じゃっかん》腹も立っていた。

「あんたたちが魔法使いだってのは認めよう、この際。いきなり天井から落ちてきたんだ、なんかしら普通の人間じゃないってことは俺にだってわかる。手品かもしんないけど、ネタがわかんなければ魔法と同じだしな」

「手品じゃないですぅ」

スゥナが唇を尖らせて抗議をする。元々童顔なのに、そんな表情をするとより幼く感じられる。サイズが小さいのだろう、派手なコスチュームはスゥナの意外に豊満な肢体を強調していて、幼い顔とのギャップが大きい。可愛らしいデザインなのに妙に露出が多かったりして、俊哉は少々目のやり場に困った。

「私たちがきみの前に現われたのは、その最終試験を手伝ってもらいたいからよ」

「俺が手伝う？　魔法の試験とやらを？」

「ええ、そう。でも安心して、きみは普通に生活をしていればいいの。たった一カ月間の辛抱よ。迷惑はかけないわ」

「もう充分、迷惑かかってるけどな」

ぽつりと呟いて、すぅすぅと穏やかな寝息をたてている詩織を見る。

（くっそー、あともうちょっとで告白できたのに）

「詩織さんが好きなんでしょ、きみ？」

「なっ、なんでそれをっ⁉　ま、魔法か、魔法で俺の心を読んだんだな、この魔女め！」

「まあ、魔女ってのは確かだからいいけど……」

レイが苦笑する。笑うと可愛い顔になるのが意外だった。あるいは、こっちが本来の表情なのかもしれないと俊哉は思った。今はよそゆきの顔なのだろう。

「いいわ、ちゃんと説明してあげる」

レイは手近にあった俊哉のベッドに腰かけると、そう言った。大胆に脚を組むと、むっちりとした太腿がすっかりミニスカートから露わになる。もうちょっとでその奥に隠されたデルタ地帯が見えそうだった。

スゥナはてくてくとレイに近寄り、その隣りに腰をおろした。他人の部屋、他人のベッドだという意識はないようだった。そんな意識があれば、最初からあんな登場の仕方はしないだろうが。

レイの説明は次のようなことだった。

俊哉が住んでいる世界、つまりここはちょっとだけ次元の違う世界では、魔法が日常的に使われているらしい。力の強弱はあるものの、そこに住む人間は全員魔法が使えるという。逆にいえば、魔法が使えない人間はその世界に存在できないのだろう。

「それじゃ、別に国家試験なんて関係ないじゃん」

全員が魔法使いなら、わざわざ認定する必要があるとは思えなかった。が、レイはそれを否定する。

「確かに、魔法を使うのに資格は必要ないわ。法律の範囲内であれば、どんなことをしてもかまわないの。ただ、今後の生活で不便なのは確実ね」

スゥナの受ける試験というのは、いわば中卒資格のようなものらしい。

「スゥナ、年齢は?」

「十七歳ですから、俊哉さんや詩織さんと同い年です」

「もっと下に見えるけどな……。でもそうか、中卒試験で二度つづけて失敗じゃ、さぞかし肩身狭いだろうなあ」

本当の事情を知らない俊哉がなんの気なしに呟く。

「ううぅ……すみません……私、落ちこぼれです……うえぇぇん」

「う、うわ、ごめん、泣かせるつもりじゃ……」

スゥナの大きな瞳から、これまた大きな涙の粒がボロボロとこぼれ落ちてくる。

（おいおい、この娘、俺たちと同い年だろ？　これじゃまるで子供だよ……）

そうは思っても、自分の言葉で傷つけて泣かせてしまったのは間違いない。レイを見ると、こんなことには慣れているのか、まったく動じていない。

悩んだ挙げ句、俊哉はハンカチを取りだし、スゥナに差しだした。

「ごめん、悪かった。今のは言いすぎた。……これ、使えよ」

「ふーん、優しいのね、きみ」

レイがニヤニヤと目を細めて笑っている。切れ長の目が、まるで猫のようだった。

「あ……ありがとう」

真っ赤な目のスゥナが素直にハンカチを受け取り、ぐしぐしと乱暴に涙を拭《ぬぐ》う。

（まるっきりガキだな、こいつ……）

幼い子供のように泣くスゥナを見ていたら、なんだか可哀相になってきた。魔法云《うん》云《ぬん》を信じる信じないはともかく、このまま放っておくのは俊哉の性格では無理だった。

困ってる人間がいたら助けたくなるという、典型的なガキ大将タイプなのだ。

「わかったよ……つづき、聞かせてくれ。俺にできることなら協力してやるからさ」

「あらあら、俊哉くんったら女の涙に弱いのね～」

レイの揶揄《やゆ》を無視し、話の先をうながす。

「で？　どうして俺が、そんな魔法の世界の試験に関わるんだ？」

「詳しく説明すると面倒なんで詳細は省くけど……つまり、きみの恋の行方で実技試験をしようってことなの。お相手は、当然そこの佐倉詩織さん。きみ、さっき彼女に告白しようとしてたでしょ？」

「……ああ。あんたらが邪魔したけどな」

「あら、怖い目。ダメよ、女の子相手にそんな目しちゃ。一発で嫌われちゃうわよ？」

「余計なお世話だ」

「でね、つづきだけど……」

レイが説明をつづける。

魔法の実技試験というのは、『ある事象に対して一定期間、魔法を主とするさまざまな手法を行使し、その事象の発生確率を変動させる』ことらしい。

「……ぶっちゃけて言うと？」

「ぶっちゃけて言うと、魔法できみの恋を成就させれば合格ってこと。ま、試験を兼ねた愛のキューピッドってとこね」

「それこそ余計なお世話って感じだな」

「あら、そんなこと言っていいの？　あのまま私たちが現われないで告白していたら、きみ、半分の確率で振られてたのよ？」

「やってみなきゃわからんだろ、そんなの」

「わかるのよ、それが。あのね、なんできみを試験の対象にしたと思ってるの？」

「知るか、んなもん。適当に決めたんだろ、どーせ」

「違うわよ」

レイが即座に否定する。

スゥナやレイの住む世界には、この世の事象のすべてを確率で測ることのできる魔法があるという。世界を形づくっている物質の最小単位を測定し、それから未来を予測する……ものらしい。

「古典物理学で言うところのラプラスの悪魔みたいなものか？　でも、量子力学では確率的にしか物質の存在は示せないって本で読んだけど」

将来は理系の大学に進もうと思っている俊哉は、特にそういった領域の話が大好きだった。ただし、好きだからといって数学や物理が得意とは限らないのが世のなかの難しいところである。

「詳しくは私も知らないけど、まあ、その魔法で探すわけよ、試験に適した事象を。つまり、ほぼ正確に五十％の確率で起こるなにかを、ね。極端な話、サイコロを振って奇数が出たら合格、でもいいの」

なにも干渉しなければ半分の確率で起こる事象に魔法で関与して、その結果で合否を決めるのが最終実技試験なのだとレイは言った。隣りでスゥナもうんうんとうなずいている。本当にわかっているのか問《と》い質《ただ》してみたくなった。

「でもさ、それだと半分の確率で合格するんじゃないのか？　たとえなにもしなくってもさ」

「ええ、そうよ。でも、同じ確率で失敗もあり得るの。そのリスクを少しでもさげるために魔法を使うわけ」

「じゃあ、結構失敗する受験生も多いだろ？」

「ううん、普通は落ちない。現役生にはもっと簡単な題材が与えられるから。今回は特別なの」

　スゥナを巡る特殊な事情は基本的に部外秘なのでレイは適当に言葉を濁したが、俊哉は特にそれ以上、詮索《せんさく》することはしなかった。

「ううぅ……ご、ごめんなさい、お姉様ぁ。私、本当にダメダメです……」

「いいのよ、そんなとこも含めて、私はあなたが好きなんだから」

　また泣きだしそうになるスゥナの肩を抱き寄せるレイ。傍目《はため》には麗しい姉妹愛に見えるが、勝手に人の部屋に押しかけられて一世一代の告白を邪魔された俊哉はあまり面白くない。なにより、

（五十％ってなんだよ……俺、半分の確率でフラれちまうってことか!?……）

　そのことが俊哉の神経を逆撫《さかな》でしていた。

　別に、詩織に告白を受け入れてもらえると思っていたわけではない。むしろ逆で、フラれることもちゃんと覚悟はしていた。だが自分でそう思うことと、それを他人に指摘されることでは大きく違う。

「大丈夫よ、ちゃんとスゥナがこの一カ月、きみの恋の成就のためにいろいろ手を尽くすから」

　それが逆に不安材料だな……とは言わないでおいた。またスゥナに泣かれるのは困る。

「そんで、具体的に、どう手伝ってくれるわけ？　やだぜ、魔法で委員長の心をいじったりするのなんて」

当の詩織本人は、いまだに目を覚まさない。見たところ、気持ちよさそうに昼寝しているようでもある。

（委員長の寝顔って……なんだかすっげえ可愛いな……）

いつもの詩織が漂わせている、どこか他人を排除するような雰囲気が消え、年相応の女の子らしい寝顔が可愛い。

（も、もし、マジで魔法で委員長の心を操れたら、この寝顔も俺だけのものになるのか？　あんなことやこんなこと、それに言葉にできないようなことまで委員長にしてもらえるとか!?）

俊哉も若さを持て余している男子高校生、性に関する興味は当然あった。いつか詩織とそういった関係になれたらという願望は常に抱いている。口ではいやと言いつつも、魔法に期待してしまう気持ちを抑えられない俊哉だったが、

「大丈夫。そういう魔法、この娘苦手だから。人の心を操るような魔法が使えるくらいなら、さっさと卒業してるわよ」

「あう……その通りです……」

スゥナががっくりと肩を落とす。

(なんだ、やっぱりだめなのか)

俊哉もちょっとだけがっかりする。

「まあ、どんな方法できみの手助けをするかは、これからじっくりと考えるわ。時間もまだ余裕あるし。……さ、今日のところはここで失礼するわ。彼女もそろそろ目覚める頃だしね。スゥナ、行くわよ」

スゥナをうながし、レイがベッドから立ちあがる。

「では俊哉さん、また明日お会いしましょう。これから一カ月間、全力で頑張りますので、どうぞよろしくお願いしますっ」

ぺこりっ。

まるで見えない相手にヘッドバッドをかますような勢いでスゥナが腰を折る。

「あ、ああ」

「では、失礼しますっ」

どうやって帰るのかと思っていると、レイが小声でなにかを呟いた。

「うわっ、う、浮いてるっ⁉」

レイの全身がうっすら光り、スゥナとともにゆっくりと宙に浮かびあがる。

(おいおい、ホントに浮いてるぞ！　マジで魔法使いなんだ、この二人！……)

別に疑っていたわけではないが、こうして実際に目の前で見せられると、あらためて自分がとんでもないことに巻きこまれたことを思い知らされる。

二人は来たときと同じように天井へと吸いこまれ、そして、消えていった。ちょうど下から見あげるような格好だったので、スゥナのスカートのなかが見えてしまったのは嬉しい誤算であった。

(白と青のストライプ……)

「あ、あれ？　私、どうして？……」

今見た光景を反芻《はんすう》していると、ようやく詩織が目を覚ました。

「あ、委員長」

「波留くん？……私、寝てたの？」

自分にいったいなにが起きたのかわからないまま、不思議そうに俊哉を見ている。

その顔を見る限り、本当に記憶が操作されているようだった。

(どうやら、ホントにあの二人のことは覚えてないらしいな)

「うん、ちょっとの間だけどね。寝不足？」

「え？　そんなことはない……と思うけど。ごめんね、人様のおうちで寝ちゃうなん聡なんか、て失礼なことして」

「ああ、そんなこといいよ。俺、そういうの全然気にしない人間だから。勝手に人のベッドで寝たりするもん」

「ふふ、本当に仲がいいのね、あなたたち。……あら、もうこんな時間。あんまり遅くまでお邪魔してると迷惑になっちゃう。私、そろそろ帰るね」

「お、送るよ、俺っ」

「大丈夫よ、まだ明るいもの。それに夕食の準備は私の仕事だから」

俊哉の申し出を断り、詩織は一人で帰っていった。

「なんだか疲れる一日だったたな……」

誰もいなくなった部屋で一人、ベッドに転がる。ほんのりと甘い香りがするのは、さっきまでここに座っていたレイの香水だろうか。

（魔法使い、か……）

恐ろしく非現実的な存在なのに、なぜだかそれをすんなり受けとめている自分を訝《いぶか》しみながら、俊哉はゆっくり目を閉じた。

ちらりと見えたスゥナのストライプが、どうしてだか脳裏に浮かんでは消えていった。

2 教室の魔法使い

翌日の教室。

「そっか、結局、告白できなかったか」

「いいじゃない、またチャンスはあるわよ」

聡と久美子に昨夜のことを簡単に説明する。もちろん、スゥナとレイのことは黙っていた。言っても信じてくれるはずはないだろうし、なんとなく、言ってはいけないような気がしたのだ。別に口止めされているわけではなかったのだが。

教室のドアが開き、詩織がやってきた。俊哉たちを見つけ、こちらに近づいてくる。

「あ、おはよう、委員長」

「おはよう。昨日はありがとうね」

昨日、自分に魔法がかけられたことなどまったく気づいてないようだ。

(それとも……あれは俺の勘違いだったのか？　いや、そんなはずは……)

そんなことはあり得ないと思いつつも、なんだか急速に昨日のことが夢のように思えてくる。だが、

「おはようございます、俊哉さん」

「え……き、きみ……スゥナ!?」

詩織や久美子と同じ制服を着たスゥナを見て、そんな気分は一気に吹っ飛んだ。同時にストライプのショーツを思いだし、勝手に赤面してしまう。

「あ、おはようスゥナ」「おっす」

「おはようございます、久美子さん、聡さん」

「うえっ!?」

そこにスゥナがいることに、聡も久美子もまったく動じていない。まるでずっと同じクラスだったかのように、親しげに挨拶《あいさつ》をかえしている。

「どうかしたのか、俊哉?」

「い、いや……なんでもない」

(そうか、これもレイさんの魔法の仕業だな?)

昨日、詩織にしたように、このクラス、あるいは学校全体に魔法をかけたのだろう。

(ってことは、あの人も学校に来てるわけか)

俊哉のその予想は、数分後に正しかったことが証明された。いかにも女教師といったスーツ姿のレイが教壇《きょうだん》に現われたからだ。地味な黒いジャケットスーツは、逆にレイの美貌とプロポーションのよさを引きたたせている。どうやら、教育実習に来ている女子大生という設定で魔法を使っているようだ。担任の教師やクラスメイトの誰一人として、レイやスゥナの存在を疑っている様子はない。あらためて魔法の威力を思い知らされる。

ただ、スゥナもレイも、特に俊哉や詩織に接近することはなかった。

（しかし、スゥナの制服姿っての、なかなか可愛いな……）

あのド派手なヒラヒラの服もちょっぴりエッチでよかったが、高校の制服を着たスゥナも可愛らしい。上着越しでも目立つ巨乳を別にすれば、真面目な中学生と言ってもまったく違和感がない。こういった純情そうでおとなしめな雰囲気も俊哉の好みだった。

（うわわ、なにを考えてるんだ、俺っ。俺は詩織さん一筋なんだぞ！　決して……決してあのストライプのパンツに惑わされてるわけじゃ……）

「どうかしたの、波留くん？」

「へ？　あ、委員長。なに？」

「なに、じゃないでしょ。これからホームルームよ。これのために昨日、頑張ったんじゃないの」

「あ、そっか、そうだったな」

あわてて椅子から立ちあがり、詩織と一緒に教壇に並ぶ。

「では、今から文化祭のクラスの出し物について話し合いをはじめます。希望があれば、挙手をして発表してください」

半ば予想していたことだが、やっぱりクラスからは大した意見が出てこなかった。

「喫茶店に縁日にお化け屋敷、バザー……」

黒板に書き連ねたのは、まさに昨日、詩織がノートに書いたものと同一だった。

「じゃあ、このなかから多数決を採りましょう」

そのとき、それまで静かに座っていたスゥナが手を挙げた。

「劇が、いいと思います」

「劇ぃ!?」

「やぁよ、そんなのー」

「舞台とかも作るんだろ？　かったりーぜ」

教室中からブーイングの嵐が巻き起こる。しかしスゥナはまったく動じない。

(なんだ、なにか企んでるのか？)

いやな予感がする。そしてそれは、スゥナがなにかを呟きはじめた瞬間、最高潮に達した。

（ま、魔法かっ⁉）

昨日のレイに感じたのと同じ圧迫感が教室に満ちる。徐々にスゥナの身体が淡く発光し、まるで蛍のように無数の光球が教室中に散らばっていく。光球は級友たちの体に吸いこまれるようにして消えていった。

ところが不思議なことに、それに気づいているのはどうやら俊哉ただ一人のようなのだ。隣りの詩織ですら、なにも見えてないらしい。

「劇か……うん、いいんじゃないか」

「そうね、せっかくの文化祭ですもの、面白いことしたいわよね」

「どーせだからさ、ちゃんと舞台に凝《こ》って、いいもんつくりたいよな」

ほんの数秒前まであれほどブーブー言っていた連中が、手のひらをかえしたように乗り気になっていた。

（なんだよ、こんだけのことができるのに、二回も不合格なのか？）

「さて、早速劇の内容を決めましょう」

詩織にも魔法がかかっているため、クラスメイトの豹変《ひょうへん》にも動じることなく議論が再開された。

先ほどと同じクラスかと思うほど、活発に意見が出てくる。

「『シンデレラ』に『白雪姫』、『人魚姫』……って、なんか同じ系統ね」

みんなの意見を板書していた詩織が呟く。

教室ではもう、みんな勝手に喋《しゃべ》りはじめていた。完全に乗り気だ。

「最近は著作権がうるせーから、下手に版権ものは使えないんだよなー」

「パロディにして笑いを取る方向はどうだ?」

「だめよ、ギャグははずしたら寒いだけじゃないの」

「やっぱり、真面目に王道でいいだろ。そのほうが失敗しないと思うぞ」

ある程度意見が出そろったところで、あらためて多数決を採る。

「……僅差で『シンデレラ』か……」

『白雪姫』をわずかに抑えて、『シンデレラ』が選ばれる。『人魚姫』は女生徒に不人気で、ほとんど手が挙がらなかった。文化祭でやるのだからハッピーエンドのほうがいいと俊哉は思ったので、これには異論はなかった。

「んじゃ、ウチのクラスの出し物は『シンデレラ』劇で決定。次に決めるのは配役だが……いねーとは思うが、一応聞いてやる。立候補するやつ、いるか?」

さっきまでざわついていた教室があっという間に沈黙する。予想通りの反応だ。スゥナの魔法は『劇をやりたいと思わせる』だけで、『自分が役者になりたい』と思わせるようにはなっていなかったらしい。

「よし、ここからは推薦。あ、いやがらせとかで推薦すんのはなしな。真面目にやれよ、いいな？」

しかし、推薦でもなかなか手が挙がらない。『シンデレラ』をやる以上、主役であるシンデレラと王子役はいい加減な人選をするわけにもいかない。その他の役は後まわしにし、この二役を最優先で決めておきたいところだった。

「どうする、委員長。この分じゃ決まりそうもないぜ？」

「そうね……。どうしようかしら？」

そのとき、一人の女生徒がスッと手を挙げた。またもスゥナだった。

「はい、私、王子様は俊哉さ……じゃなくって波留さん、シンデレラは佐倉さんがいいと思います」

スゥナは無駄に元気な声で、そう言った。

「げっ……な、なに言ってるんだよ、スゥナ！　さっき注意しただろ、いやがらせで推薦するなってよ！　聞いてなかっただろ、お前っ」

「いやがらせじゃないですっ。私、お二人ならきっと素晴らしい『シンデレラ』になると思います！」

「波留と委員長か……うん、それ、いいんじゃないか？」

「そうね、二人なら顔もスタイルもいいし、舞台でも見栄えがするよね」

「じゃあ、決まりだな」

当の本人たちを無視して、勝手に盛りあがっていく。

「おいおい、なにいい加減なこと言ってんだよっ」

「そうよ、波留くんはともかく、私に演技なんてできるわけないでしょ⁉」

詩織も反論するが、

「ちょ、ちょっと待ってよ、委員長。俺だって演技なんてできっこないぜ？」

「だって波留くん、そういうの得意そうじゃないっ。私、絶対に無理！　そ、そうだ、鈴木さんはどうかしら？　うん、鈴木さんならシンデレラのイメージにぴったりじゃない？」

よほどシンデレラをやりたくないのだろう、詩織は珍しく取り乱した顔でクラスメイトの女生徒の名を挙げた。鈴木という女生徒は、確かにクラスでも一、二の人気を誇る美女だったが、

「いやよ。私、そういうの苦手だもん」

と、あっさりと拒否された。

(それに鈴木、確かに美人だけど、どっちかっつーと継母《ままはは》とか義姉っぽいよなあ)

それよりなにより、

(詩織さんのシンデレラか……。きっと似合うだろうなあ)

美しいドレスをまとった詩織の姿を想像して、思わずニヤけてしまう。

(ま、待てよ。俺が王子で詩織さんがシンデレラになれば、当然一緒に踊れたりするんだよなっ!? 舞踏シーンもあったはずだし……)

「……なにニヤけてるのよ、波留くん。あなた、このままじゃ私たちが役者をやらされるのよ、わかってるの!?」

本気でいやがっているのだろう、詩織から普段の澄《す》ました表情が消え去っている。どことなくヒステリックな声も、沈着冷静と評判の詩織にしては珍しい。だが、こうした生《なま》の感情丸出しの詩織も俊哉にとっては嬉しい発見だった。

「いいじゃない、あなたたちならきっといい演技をしてくれそうよ。ねえ?」

それまで黙ってパイプ椅子に座っていたレイが口を挟む。最後の「ねえ」は教室全体に向かって言った言葉で、無責任なクラスメイトたちはうんうんとうなずいている。

(こいつら……俺たちが困ってるの見て楽しんでるな!……)

見ると、二人を推薦したスゥナが一番嬉しそうな顔をしている。

（役者なんてやりたくもないが……でも、詩織さんと一緒ならいいかもな……）

詩織は最後まで強硬に抵抗をつづけたが、結局は多数決で押しきられてしまった。

これこそ民主主義の弊害《へいがい》の具現化であると俊哉と詩織は主張したのだが、瞬時に却下された。

「くっ……」

詩織は下唇を噛んで悔しさを露わにしたが、もうなにを言っても無駄だと悟ったのだろう、すぐにいつもの冷静な表情に戻り、

「……では、他の配役および大道具や小道具、衣装などの係を決めます」

再び議事を進行させていった。

そして、その後はスムーズに各係も決まり、無事にホームルームは終了した。

「なんだよ、あんなすごい魔法使えるんじゃないか、スゥナ」

「えへへ、そうでもないですよぉ。たまたまです、たまたま」

口では謙遜《けんそん》しているスゥナだが、魔法が成功したのがよほど嬉しいらしく、俊哉の部屋でぴょんぴょんと飛び跳ねている。フリルだけでなく短いスカートも大きく揺れて健康的な太腿がかなり露出し、俊哉は目のやり場に困った。最近、目のやり場に困

りまくりのような気もする。

「こら、あんまり音をたてるな。一階の親父《おやじ》たちにバレるぞ」

「でもでもっ、こんなにうまくいったの初めてなんですよっ！　ああ、嬉しいですぅ！」

無邪気にはしゃぐスゥナは子供のようで、とても同い年には思えない。

「あれだけのことができるんなら、簡単に魔法使い試験、合格しそうな気がすっけどな」

「私だって一応、あれくらいの魔法も使えます。……たまにしか成功しないのが課題ですけども。五回に一回くらいかな、成功するの」

「ダメじゃん、それじゃ」

「あうぅ……俊哉さんのおっしゃる通りですぅ……」

さっきまでの笑顔から一転、表情が曇《くも》る。

「そんで、まさかこれだけで俺と詩織さんがうまくいく……なんて思ってやしないだろうな？　だいたい詩織さん、本気でいやがってたぞ、シンデレラやるの。あんなに取り乱すとこ、初めて見たもん」

普段はあまり自分の感情を露わにしない詩織だけに、余計にそのいやがりようが強調される。

「俺だって、委員長が相手じゃなきゃ絶対に逃げるぜ、王子役なんてさ。ガラじゃねーし」

「そうですか？　俊哉さん、格好いいからお似合いですよ？」

「……ありがとよ」

どうしてだろう、スゥナに褒《ほ》められるとなんだかとても照れくさい。思わずぶっきらぼうに答えてしまう俊哉だった。

「詩織さん、シンデレラぴったりだと思います。……いろいろな意味で」

最後の一言は、独り言のようだった。

「？……それ、どういう？……」

「秘密です」

スゥナは、それ以上教えてくれなかった。

第二幕　恋する魔法少女、初めてのドキドキ

1 文化祭準備

もう文化祭までそれほど時間がないため、早速翌日から『シンデレラ』の準備がはじめられた。昨日のホームルームですべての配役と係は決まっていたので、あとは具体的な作業の指示とスケジュール管理がクラス委員である俊哉と詩織の仕事だった。

台本はクラスの文芸部員に、衣装は手芸部に発注してあるので、残りは大道具と小道具の手配となる。

劇をやるのは俊哉のクラスだけだったらしく、申請を出したら第二体育館の使用許可があっさりおりた。体育館は吹奏楽部や軽音楽部、有志代表バンドなどで塞《ふさ》がっているので使えないが、劇をするにはちょっと広すぎる。主に卓球やマット運動などで

使われる第二体育館がちょうどいい広さだった。

「カボチャの馬車とかお城の舞踏会シーンが大変ね」

今後の作業工程を詩織がノートに書きだしている。

「大道具が一番手間取りそうだから、先に指示出したほうがいいな」

それを見ながら俊哉が意見を述べる。

「衣装のサイズはいつ測るの？」

「明日、出演者全員のを測るって言ってた。当然、俺たちのも」

「……あまり触れたくない話題ね」

自分がシンデレラをやることを思いだしたのか、詩織が眉根を寄せる。

「そんなにいや？　俺はともかく委員長は似合うと思うぜ？　美人なんだしさ」

なるたけさりげなさを装いつつ、そんなことを言ってみた。もちろん、本心からの言葉だ。口にしてみると意外に恥ずかしい。が、

「そ、そんな……からかわないでよ、もうっ」

（おお、か、可愛い……っ）

詩織は白い頬を赤く染め、プイッと顔を逸《そ》らしてしまった。けれどその顔は本気でいやがっている（つまり、昨日の顔だ）ようには見えない。

（へへへ、照れてる照れてる。詩織さんのこういう顔っていいなあ……）

ここのところ、詩織の珍しい表情を見られて俊哉はご満悦だった。

「おい俊哉、いつまでニヤけてんだよ。人を手伝わせたいんなら、さっさと指示出せ」

「委員長、こっちの提出書類、これでいいの？」

強引に助っ人として駆りだされた聡と久美子が、俊哉の幸せなひとときに割りこんでくる。今日中に生徒会に提出しなくてはならない書類があるのだ。その他、買い出しやらなにやら、仕事は腐るほどある。

「あ、ああごめんなさい。……ええと、うん、これで大丈夫。ありがとう、手伝ってもらって。助かったわ」

微妙に目もとを染めたまま、詩織が書類を確認する。

「みなさんに渡す大まかなスケジュール表、これでいいですか？」

そう聞いてきたのは、自分から手伝いを志願してきたスゥナだった。当然、俊哉と詩織をくっつけるためになにかを企んでいるはずだが、今のところはこれといって動いてくる気配はない。監視役のレイの姿も見えなかった。

「ん、これでOK。あとはこいつをコピーして、明日みんなに配れば終わりだ」

すでに窓の外は暗く、そろそろ完全下校時刻となる。

「俊哉くん、あとはなにをすればいいの？」

久美子が俊哉に尋ねた。

「そうだな……いや、あとは大丈夫だ。もうそろそろ昇降口も施錠されるから、お前と聡は先に帰っていいぞ。悪かったな、遅くまで付き合わせて」

「じゃあ、お先に」「頑張れよ、俊哉」

言外に詩織とのことを匂わせてから、二人の幼なじみは教室を出ていった。残ったのは、これで俊哉と詩織、そしてスゥナの三人だけになった。他の残っていたクラスメイトたちも、聡たちと一緒に帰宅していた。

「ごめんね、スゥナちゃん。なんの係でもないのに手伝わせちゃって」

「ううん、いいんです。元はと言えば、私が二人に役を押しつけちゃったようなものですし」

「ような、じゃなくてそのものじゃねーか」

「はううっ、ごめんなさいぃ」

シンデレラのことを思いだしたのだろう、詩織が憂鬱《ゆううつ》そうなため息をついた。

「……私、職員室に行って、これ、コピーさせてもらってくるね」

「あ、俺も行くよ」

詩織と一緒に俊哉も立ちあがったそのときだった。

(スゥナ!? また魔法か?)

一瞬、スゥナの全身が淡く光ったように見えた。同時に、俊哉の体に柔らかい物体がいきなり覆いかぶさってくる。

「うわわっ!」

急な負荷にバランスを崩し、床に倒れる。ぶつかってきた物体も、俊哉と一緒に崩れ落ちた。

「きゃあっ」

(きゃあっ?)

自分を押し倒すようにぶつかってきた物体が佐倉詩織の柔らかな身体ということに気づいたのは、冷たい床に倒れて五秒後のことだった。俊哉のすぐ目の前に、ずっと恋い焦がれてきた同級生の顔がある。頬や額に触れているさらさらとした感触は、詩織の黒髪だった。シャンプーの匂いだろうか、どことなく甘い香りが鼻腔をくすぐる。

(こ……このむにゅむにゅした柔らかいものはッ)

しかも、胸には詩織の双《ふた》つの乳房の感触までも感じられるのだ。

「う……うぅ、ん……あ……あぁっ、ご、ごめんなさいっ！」

詩織があわてて飛び退く。もうちょっと詩織の感触を楽しんでいたかったが、そうもいかない。俊哉は思わず緩みそうになる頬の筋肉を懸命に引き締めながら、なんでもなかったように立ちあがる。もちろん、内心では小躍りしてたりするのだが。

「大丈夫？　委員長、ケガしてない？」

「う、うん、私は大丈夫よ。それより波留くんこそ大丈夫？　私、思いきりぶつかっちゃって……」

「ああ、全然。……なにかにつまずいたの？」

「それが、わからないの。急に背中がどんって押された感じで。……そう、まるで突風に吹かれたみたいだったわ」

（スゥナだな、完璧に）

見ると、スゥナがニヤニヤしながら俊哉を見ていた。子供が悪戯《いたずら》を成功させたときのような笑みを浮かべているのがなんだか悔しい。

（ったく、こんな幼稚な手を使うとはな……。いや、俺は役得だったけどな、うん）

まだ俊哉の胸には、あのふくよかな感触が残っている。詩織は着痩せするらしく、想像以上の量感があった。少なくとも、平均よりは大きなバストであるのは間違いない。なにを平均とするかは微妙な問題だが。

「まあ、俺はこんなアクシデントなら大歓迎だけどさ。次に転ぶことがあれば、また俺を押し倒してね、委員長？」

冗談めかして言うと、

「もう……波留くんったら。バカね」

詩織は手を振りあげ、俊哉を殴る真似をした。もちろん、その顔は笑っていた。

「スゥナちゃん、先に帰っちゃったのかしら」

原稿のコピーを取り終わって教室に戻ると、すでにスゥナの姿はなかった。鞄《かばん》もないから、ちょっとトイレ、というわけでもなさそうだ。

（気を利かせたのかな、あいつ。……いやいや、あるいはどっかでまた魔法を使う機会をうかがってるのか？……）

これまでの経緯を考えれば油断は禁物だった。

「そうみたいだな。ま、もう昇降口も施錠される時間だし、俺たちも帰ろう。だいぶ暗くなってきたし、家まで送るよ」

表面上はさりげなく口にしているが、俊哉の内心はかなりドキドキだった。結構よ、

なんて断られたらショックでかいな、なんて思っていると、

「……そうだね、波留くんがいやじゃなければ、お願いしようかな」

「いやなもんか。命に代えても、お姫様の御身を無事にお届けしますよ」

心のなかで「イエス！」とガッツポーズを繰りかえしながら、おどけて見せる。これが俊哉流の照れ隠しなのだ。だからお調子者に見られてしまうのだが。

校舎の外に出ると、あたりはすっかり暮れていた。夏に比べ徐々に日が暮れるのが早くなっているのを感じる。

暗い夜道を詩織と肩を並べてゆっくり歩く。この時間の通学路にはほとんど人影もない。

(な、なんか、これって……滅茶苦茶美味しいシチュエーションじゃないか？)

並んで歩いていると、時折り二人の腕が触れ合う。俊哉はもう、それだけで幸せだった。このまま夜通し歩いてもいいくらいだ。

「波留くんって、女の子には誰にも優しいよね。こうやって女の子を送り届けるの、慣れてるでしょ？」

「……俺って、やっぱりそんなイメージ？　軽薄そうなナンパ男？」

「そ、そこまでは言ってないけど……。うん、でも、そんな感じかな」

「ひでえなあ。俺、根は真面目な好青年だぜ?」

おどけて言ってはいるが、俊哉は結構ダメージを受けていたりする。

「うん、わかってる。ずっと一緒にクラス委員やってきたから。……最初はちょっと苦手だったけどね、波留くんのこと」

そう言って柔らかく目を細め、小さく笑う。詩織には珍しい仕草だった。

「そうなの? 今は? まだ苦手?」

「ううん、全然。普段はおちゃらけて見えるけど、でも、本当はしっかりしていて優しい人だってわかったから」

詩織の頬が少しだけ赤くなったように見えた。

(うおおっ、こ、これは脈アリ? 脈アリっすか、神様!)

いける。今ならいける。先日邪魔された告白のリベンジをかますには絶好のチャンスだと思った。緊張で手のひらに汗が滲《にじ》む。脈拍がすごい二次曲線を描いて上昇していくのがはっきりとわかる。

タイミングよく、公園が見えてきた。告白するには申し分のないロケーションだ。まるで告白しろと運命の神様が耳もとで囁《ささや》いているような気がした。

「ちょっと話があるんだけど、いいかな? すぐすむから」

少し、声が震えていたかもしれない。

「……いいよ」

俊哉の誘いを詩織が承諾する。気のせいか、詩織の声も少し緊張しているように聞こえた。

昼間は結構賑わう公園も、この時刻では人影もあまり見当たらない。少し離れたベンチに会社帰りと思《おぼ》しき背広姿の男が座っていたが、あの位置ではこちらの会話までは聞こえないだろう。

「それで、話って？」

「あ、あの……委員長。俺……俺、実は……」

ずっときみが好きだった。

そうつづけた言葉は、しかし、いきなり目の前で転倒した詩織には届いてはいなかった。

「きゃああっ!?」

まるでキレのいい足払いをかけられたかのように、詩織は見事に尻餅をついていた。

両脚がぱっくり左右に開き、捲《まく》れたスカートの奥の下着が丸見えだった。

（し、白っ！　やっぱり詩織さんは白い下着だ……って、違う！）

スゥナの仕業ということはすぐにわかったので、素早くあたりを見まわす。

（いた！）

少し離れた木の陰に、スゥナらしき人影が見えた。あの特徴的な髪型は、ドジな魔法少女以外に心当たりはない。これはやりすぎだと一言文句を言ってやろうと一歩を踏みだした途端、今度は俊哉の両脚が宙に浮いた。体育での柔道の授業中、黒帯のクラスメイトに背負い投げを決められたときもこんな感じだったことを思いだした。

まずい。

そう思ったが、人間、反射的な行動はどうしようもない。

だから、つまり、俊哉は倒れる前に両手を前に突きだしたのだ。そしてその場所に詩織の柔らかい胸があったのは不幸な、あるいは幸せな偶然であって、決して俊哉が邪《よこしま》なことを考えたわけではない。

しかしそんなことは詩織にわかろうはずもなく、

「きゃあああぁ!!」

転倒したときよりもずっと大きな悲鳴をあげられても、これはこれで仕方のないことであった。俊哉にとって幸いだったのは、先ほどの会社員もすでに帰ったらしく誰も詩織の悲鳴を聞いてこちらに向かってこなかったことだろう。最悪、痴漢に間違われていたかもしれない。そう思われても仕方のない状況であった。

「うわわわ、ごめ、ごめん！　今どくからっ！」

あわてて手を離し立ちあがる。本音を言えばもうちょっとだけ詩織の胸の感触を味わっていたかったのだが、嫌われては元も子もない。

「な、なんなのよ、今日は……やあン！」

自分の格好にようやく気づいた詩織が、遅まきながら脚を閉じてスカートの乱れを直す。暗くてよく見えなかったが、顔はかなり赤くなっているようだった。

「み……見た？」

「え……うん、ごめん。その……いろいろと、ごめん」

なんのことだ、ととぼければいいのに、ついバカ正直に答えてしまう。こういうときに嘘がつけないのが俊哉の長所であり、欠点でもあった。

「…………」

詩織は無言で立ちあがり、スカートについた土を手で払った。

「今日、なんだか変なことばかり。どうしたのかしら、本当に……」

「さ、さあ？　俺にもさっぱり……」

まさかスゥナの魔法の仕業とは言えない。言ったところで、先日の記憶をレイの魔法で消されている詩織には信じてもらえないだろう。

「……帰りましょう」

「うん」

結局、その後は二人ともなにも喋《しゃべ》らずにそれぞれの家に帰ったのだった。

2 初恋の芽生え?

「スゥナ！　なんなんだよ、あれは！」

「ふにゃあぁ!?　だ、だってお姉様が、ああいうのが男女の仲を急接近させるテクニックだっておっしゃって……」

自分の部屋に戻った俊哉は、ちょこんと可愛らしく座っていたスゥナにつめ寄った。

「そんなの、ちょっと考えれば違うってわかるだろう!?」

「はやや、そ、そうなんですかっ？」

スゥナはまるでそんなことは思いもしなかったらしく、大きな瞳をぱちぱちさせている。どうやら本気でレイの言葉を信じていたらしい。

「ごめんなさいごめんなさい、私、またドジをしちゃいましたですぅ！」

今度は涙をボロボロと流し、額をこすりつけるようにして謝りはじめる。

「お、おいおい、そこまでしなくていいよ。……おいスゥナ。……スゥナ?」

「ううぅ……うっ、うううぅ……ごめんなさい……スゥナ、また失敗しちゃいました……ああ、殴ってください俊哉さんっ。このどうしようもない落ちこぼれのスゥナを、気のすむまで殴ってくださいぃいぃっ!」

「うわっ」

涙でくしゃくしゃになった顔のスゥナが、俊哉にすがってくる。どんな極悪人でもこんな顔をした女の子を殴れるとは思えないほど、スゥナの表情は痛々しかった。

「い、いいよ、もう。……ほら、とりあえず泣きやめ」

ポケットからハンカチを取りだし、顔面が涙で大洪水のスゥナに渡す。いろいろ言ってやろうと思っていたことは、もうすっかりどこかへ消えてしまっていた。

「うっ……ぐしゅ……ぐしっ……チーン!」

「うあ!」

「ふあ? らんれふか?」

「い、いや、いい……そのハンカチ、お前にやるから」

俊哉のハンカチが涙と鼻水をたっぷり吸いこんだところで、ようやくスゥナが落ち着きを取り戻した。

（捨てられた子犬みたいな娘だな、スゥナって。なんか放っておけねー……）

とても同じ年齢とは思えない純朴《じゅんぼく》さと幼さが、俊哉にそんなことを思わせた。

「……あのさ、スゥナも試験でいろいろ大変だろうけど、あんまり張りきりすぎるなよ？　その……俺もなんとか頑張って詩織さんに告白するからさ、もうちょっとおとなしくしててくれないか？」

「あうぅ……やっぱり俊哉さんも、私が落ちこぼれだからそんなこと言うんですね？　スゥナが邪魔なんですねっ？」

せっかく泣きやんだのに、また大粒の涙が溢れてくる。この小さな身体のどこに溜めているのかと思うほど、スゥナはよく泣く。

「うわ、泣くな！　違うんだ、俺、別にスゥナが落ちこぼれだなんて思ってない！」

「……本当ですか？」

うるうるとした瞳で見あげるその姿は、もうまるっきり子犬だった。思わず頭をなでなでしたくなる。

「でも私、子供の頃はいつも落ちこぼれって言われつづけてきましたです。お義姉ちゃんたちと比べると本当に出来が悪いとか、たくさん言われたんですぅ……。今はレイお姉様がいろいろ助けてくださるから、なんとか頑張っていられますけれど」

「スゥナたちの世界って、その試験に合格しないと、そんなに肩身が狭いの?」

「はい。甲乙丙《こうおつへい》の免許があるんですが、今時、乙種《おつしゅ》を持ってないと就職とかいろいろ大変なんです。なのに私、一番簡単な丙種《へいしゅ》ですら失敗つづきです……」

どうやらこちらの世界で言う中卒・高卒・大卒みたいなものらしい。魔法の世界も学歴社会なのかと、俊哉はちょっと複雑な気持ちになる。

「でも、今日はちゃんと魔法使えてたじゃない。使い道はともかくとして」

「ああいう魔法はまだ大丈夫なんです。動かない相手には、なんとか使えます。私が苦手なのは、人の心に直接作用する魔法です」

「クラスの連中に魔法かけてたじゃん。あれは違うのか?」

「あれは、あくまでも教室全体に向かって弱い魔法を使っただけです。その場の雰囲気をちょっとだけいじるくらいですから、人の心を操る魔法のなかでは一番簡単なものです」

その一番簡単な魔法が成功したと喜んでいたのだから、やはり相当苦手らしい。

「私、やっぱり落ちこぼれです。同い年の友達は、もう今年は乙種試験なのに……」

放っておくととことん落ちこむ性格のようだ。そしてそういう人間を放っておけないのが、俊哉の性格であった。

「スゥナは、どんな魔法が得意なんだ？　いや、魔法じゃなくたっていい、なんか得意なのあるだろ？　くだらないことでいいんだ、人よりも優れている、あるいは好きなことがあれば、それで充分だろ？」

「そう……なんですか？」

「少なくとも、俺はそう思ってる。スゥナが落ちこぼれだなんて思ったこと、一度もないぜ？　だってこんなに一生懸命な女の子、俺、見たことねーもん」

「い、一生懸命なのは、そうしないとますます落ちこぼれになっちゃうからで」

なぜかスゥナは顔を真っ赤にして、必死に弁明している。誉《ほ》められることに慣れてないようだ。

「一生懸命頑張れるってのは、それだけでもう立派な才能だよ。人間ってのは、どうしても楽なほうへ楽なほうへ流れちまうからな。だからスゥナ、お前は落ちこぼれなんかじゃあ、ない。俺が保証してやる。安心しろ……って、魔法使いでもない俺が言ってもダメか、あははっ」

熱弁を振るってしまったことにちょっと気恥ずかしくなるが、今言ったことはすべて本心だった。魔法のことはよくわからないが、スゥナが頑張っていることだけは認められる。もし万が一、スゥナの魔法が原因で詩織との仲が疎遠になってしまっても、それはそれで諦められると思った。

（もちろん、そんなことはさせないけどな。自分のためにも、そしてスゥナのためにも）

詩織と恋人になれなければ、それはスゥナの不合格をも意味するのだ。失敗はできない。自分の恋の行方がスゥナの人生をも左右しかねないと思うと、ちょっとだけ重圧だった。当然、そんなことは口にしない。スゥナだって好き好んでこんな状況になったわけではないのだから。

「私……こんなに励まされたのって、お義姉ちゃんたちとお姉様以外では初めてです。それも男の人になんて……」

スゥナはさらに顔を上気させて、先ほどまでとは違う感じに潤んだ瞳で俊哉を見ていた。捨てられた子犬から、飼い主に尻尾を振りまくる犬になっている。今、あの短いフリルスカートを捲《まく》れば、もしかしたら可愛い尻尾が見えるかもしれないと俊哉は思った。

「スゥナ、頑張りますっ。今以上に一生懸命、いっぱいいっぱい頑張りますっ」

さっきまでの涙はどこへやら、スゥナは力強くそう宣言するのだった。

その日の深夜。

「なぁに、そんなに真剣な表情で教科書なんて読んじゃって」

「あ、レイお姉様」

シャワーを浴びてきたレイが、濡れた髪のままスゥナに近づいてくる。シャンプーと石鹸《せっけん》の匂いがふんわりと漂ってきた。

一カ月間の試験期間中の宿として契約しているマンスリーマンションに、スゥナとレイは一緒に住んでいた。間取りも広く、それぞれに個室もあり生活は快適だった。

「『よくわかる現代魔法・人心操縦編（下）』？……なに、あなた。いきなりこんな高度な魔法を使うつもりなの？」

「はい」

「この間教えた作戦はどうしたの？」

「今日二回ほど実行したんですけれど、俊哉さんに思いきり怒られました」

「あら、まあ。ホントは喜んでたクセにね」

レイは苦笑しながら、バスローブのままソファに腰かけた。いつものように大胆に脚を組む。自分の脚線美に自信があるからこその座り方だった。

「で、今度は直接詩織ちゃんの心を操ろうってわけ？」

「操るというか……その、きっかけをつくってみようかと思ったんです」

「きっかけ？」

「今日一日、ずっと詩織さんの様子を観察してみました。魔法協会が二人の恋が成就する可能性五十％と言うからには、少なくとも詩織さんにも俊哉さんを想う気持ちがあるってことですよね？」

「そうなるわね。彼女が俊哉くんを嫌いだったらそんな数値は出ないだろうし、なんとも思ってなくとも、もっと低いパーセンテージになるでしょうね」

単なる友達としか思っていない場合、五十％という数値は高すぎる。多少は好意がなければこんな数字は出ないだろう。それを詩織が自覚しているかどうかはまた別だが。

「だから私、詩織さんの心のなかにある俊哉さんへの好意を魔法で刺激してみようと思うんです。心を操る魔法は甲種《こうしゅ》免許の魔法使いでも難しいですが、元からある感情を刺激するだけならそんなに難しくはないって授業で習いました」

「それは確かにそうだけど……。難しくないってのは相対的なもので、絶対的な評価で言えば、かなり上位の魔法になるのよ？　甲種の魔法使いでも苦手な人は多いくらい」

もっとも、その甲種魔法使いを遥《はる》かに上まわるポテンシャルを秘めているかもしれないのがスゥナなのだ。少なくともレイは、スゥナが落ちこぼれだとは微塵《みじん》も思っていない。きっかけさえつかめば、きっと魔法界でもトップクラスの魔法使いになれるという予感があった。

(まあ、そのきっかけをつかませるための人間界出張なんだけどね)

スゥナの秘めた可能性を認めているからこそ、協会もこのような特別な試験を課しているのだ。

「もちろんわかってますわ、お姉様。でも、今の私、なんとなく成功しそうな気がするんです。自分でもわからないんですが、身体中に魔法の力がみなぎっている感じなんです。こんなこと、生まれて初めてですっ」

(この娘、もしかして……)

ずっとスゥナを観察してきたレイには、思い当たるフシがあった。

「あなた、さっきまで俊哉くんの家にいたって聞いたけど、彼になにか言われたの?」

「え……」

スゥナの顔が見るみるうちに赤くなった。予想通りの反応だった。

（そっか……そういうことか……）

どうやら本人はまだ気づいてないようだが、明らかにスゥナは俊哉に惹《ひ》かれはじめている。レイの見たところ、あの俊哉という少年は見た目の印象ほど軽くはない。むしろ本当は、もう一人のクラス委員、佐倉詩織と同じような性格だろうと睨んでいた。あの明るく軽薄そうに見えるキャラクターは、他人との付き合いを円滑にするために身につけた技術なのだろう。あるいは本音を曝《さら》けだすことを防ぐための照れ隠しなのかもしれない。

（でも、困ったわねえ）

可愛いスゥナの初恋は応援してあげたいが、今は差し迫った最終試験に合格させるのが先決だ。いや、別に不合格でもかまわない。眠っている才能を覚醒させるきっかけがつかめれば、試験などは後でどうとでもなる。魔法協会にかけ合えば、特別措置でいくらでも合格証を発行してくれるはずなのだ。

「いいわ。今晩はみっちりその魔法のコツを伝授してあげる。今夜は徹夜よ、いい？」

「はい、お姉様！」

いつものように元気に返事をするスゥナの頭を撫でてから、レイは深夜の魔法授業を開始した。

3 暴走マジック

「委員長、今日はなんだかぼんやりしてるね。具合でも悪いの？」

「そんなことはないけど。……私、ぼんやりしてた？」

「うん、ちょっとだけ」

今日も文化祭の準備を手伝ってくれている久美子の指摘に、詩織は少し驚いた。自分ではいつもと同じ振る舞いをしていたつもりだったのだが、やっぱり完璧ではなかったようだ。

（私、どうしちゃったんだろ……）

原因は、わかっている。わかっているからこそ始末が悪いのだ。どうしたってその原因に目がいってしまうのだから。

波留俊哉。

今年から同じクラスになり、一緒にクラス委員をしている同級生。ただの同級生で、それ以上でもそれ以下でもない……はずだった。

「あー、こら、勝手に帰るな！　お前ら大道具の係だろ、ちゃんと仕事してから帰れ！」

俊哉はいつものように元気よくクラスをまとめるために走りまわっている。男女を問わず人気があり、人望もある。自分にないすべてを持った人間だと詩織は俊哉を評していた。

ただの軽薄なお調子者でないと気づいたのは、意外に早かった。一緒にクラス委員の仕事をしているうちに、実は思慮深く、そして繊細な性格の持ち主だとわかったのだ。あの明るいキャラクターは表向きで、本当の俊哉は自分とよく似ているのだと直感的にわかった。

ただし似ていると言っても、本質的な部分では異なっている。俊哉が純粋に好意で他人に優しくできるのに対して、詩織には人からよく見られたいという欲求が確かに存在しているのだ。

（優等生にならなくちゃ。絶対に後ろ指さされないような人間にならなくちゃ）

そんな強迫観念のようなものが、今の詩織を形作ったのだ。

詩織の父が今の母と再婚したのは、実母が病死してから三年目、今から五年前のことだった。今の母親に不満など欠片《かけら》もない。だがそれが、逆に詩織にとっては重荷だった。いい母親だからこそ、自分もいい娘でなくてはならない。自分の母親になってくれた人に恥をかかせるわけにはいかない。

そういった思いこみが、いつしか今の詩織という人間を形成していったのだ。非の打ち所のない優等生。どんなときでも隙を見せない完璧な人間。

確かに詩織は、自分の願ったような優等生になれた。けれど最近、そんな自分に疑念を抱くことも増えてきた。

（本当にこれが、私の望んだ姿なの？　お母さんは本当に、こんな娘が欲しかったのかしら？）

母はなにも言わないが、詩織が無理をしていることは感じているようだった。そのこともよけい詩織を苦しめるが、今さら優等生の仮面を捨てるわけにもいかない。

そんなときに、詩織は俊哉と出会った。

他のクラスメイトが自分のことを『委員長』という記号を通してしか見てくれないのに、唯一俊哉だけが『佐倉詩織』という個人として扱ってくれたのが嬉しかった。優等生でも委員長でもない、一人の女の子として接してくれることがどれほど詩織を喜ばせたのか、おそらく俊哉には想像もつかないだろう。

しかし、別に俊哉を異性として意識したことはなかった。いや、意識しないようにしていた、というのが正しいかもしれない。もし自分がそんな感情を抱いていると気づいたときに、俊哉がどんな反応をするかが怖かったのだ。本人は不思議と知らないようだが、俊哉に好意を寄せている女子は多い。そのようなライバルたちに比べて、自分はなんて取り柄のない女だろうと思うのだ。

(真面目なだけで面白みはないし、顔もスタイルもよくないし……)

そんな自分が俊哉を好きになるのは身のほど知らずだと思った。なによりも自分は、本当の自分を偽っている人間なのだ。だから、俊哉のことは単なるクラス委員の相棒と思うように努力してきたのだ。

(それなのに……)

それなのに、この数日で詩織の心は大きく揺らぎはじめていた。

きっかけは、日曜日に俊哉の自宅に招かれたことだった。文化祭の打ち合わせのためということはもちろん理解していたが、それでも呼ばれたことが嬉しかった。最後は二人きりになれたのも嬉しい誤算だった。ただ、その後の記憶が妙にあやふやなのは気になっていたが。

スゥナの他薦によりシンデレラの役を押しつけられたのは本当に困っているが、相手役の王子が俊哉なのは不幸中の幸いだった。それに、こうして放課後遅くまで一緒に作業できるのも楽しい。これまではあまり付き合いのなかった久美子や聡というクラスメイトと親しくなれたのも嬉しかった。

（昨日の波留くん、なにを言いたかったのかな……）

昨日の放課後はなんだか変なことばかりだった。なにもないところで急によろけたり転倒したりするなんて、今までになかったことだ。しかもその際、俊哉に下着を見られたり、胸を触られたりもしたのだ。昨日はその興奮でなかなか寝つけなかったほどだ。

なにより詩織を落ち着かない気分にさせているのは、公園であのとき、俊哉がなにを言いかけたのかということだった。

『あ、あの……委員長、俺……俺、実は』

あのあと、俊哉はなんてつづけるつもりだったのだろう。今までに見たことのないような真剣な表情で、どんな言葉を言うつもりだったのだろう。

（私、自惚《うぬぼ》れてるのかな……）

詩織とて鈍感ではない。あの雰囲気で俊哉がなにを言おうとしていたのか、もちろん予想はついている。だが自分に自信がないゆえ、確信が持てないのだ。こんな自分を好きになるはずなんてない、と。心のどこかでブレーキを踏んでいる自分がいる。

「委員長ぉ、大道具に使える予算っていくらまでだっけー？」

そんな詩織の心を知ってか知らずか、俊哉がいつものように笑顔で寄ってきた。

「え、ええと……あ、あれ？　プリント、どこやったかしら？」

「あ、いいよ、あとで。どうせ実際に材料買いに行くのは明日みたいだしさ」

「ご、ごめんなさい……」

久美子が指摘した通り、やっぱり自分は浮《うわ》ついている。クラス委員としての仕事もこなせないことに自己嫌悪しながら、詩織は生徒会からもらったプリントを探しはじめた。


昨日と同じように、今日も作業は完全下校時刻ギリギリまでつづいた。教室に残っているのは詩織と俊哉、そしてスゥナの三人というのも昨日と同じだった。

「あら、今日も遅くまで大変ね、あなたたち」

「レイ先生」

やってきたのは教育実習生のレイだった。校内に残っている生徒を確認しにまわっているらしい。

「スゥナちゃん、ちょっと来てくれないかしら。手伝ってほしい仕事があるの」

「あ、はい、おね……じゃない、レイ先生」

「ありがとう、すぐ終わるからね。……俊哉くんと詩織さんも、そろそろ終わりになさい。外、もう真っ暗よ？」

そう言って、レイはスゥナとともに教室から出ていった。当然、教室には詩織と俊哉の二人きりとなる。

（ど、どうしよう。二人きりになっちゃうと、どうしても昨日のこと思いだしちゃうわ……）

意識しないようにすればするほど、少し離れた席で書類の整理をしている俊哉に目がいってしまう。

「……そろそろ終わりにしようか。今日も家まで送るよ」

俊哉が書類を茶封筒に入れながら言った。

「いいの？　迷惑じゃないの？」

心のなかの嬉しさを押し隠すように、ぶっきらぼうに尋ねる。素直になれない自分がまた嫌いになる。

「なんで？　それとも委員長、俺と一緒に帰るのいや？」

「いやだなんて……」

そんなことあるはずがない。つづく言葉の代わりに、首を小さく縦に振った。

「じゃ、決まり。なんか雲行き怪しいから、早めに帰ろう。俺、傘持ってきてないんだ」

確かに、どんよりとした雲が夜空を覆いはじめていた。天気予報では降水確率三十%未満だったはずだが、この分だと一雨来るかもしれない。

「きゃっ」

だから詩織は、それを雷かと思った。帰ろうと立ちあがった瞬間、目の前がパッと光ったのだ。

俊哉も詩織と同じように目を瞬《まばた》かせている。詩織の錯覚ではないようだ。

「雷……じゃ、ないよね」

「あ？　ああ、うん……」

「？」

びっくりしているのは詩織だけで、意外にも俊哉はあまり驚いた様子はない。

（なんだったのかしら、今のは？……）

そのときだった。

「うあ……うあぁぁッ!?」

俊哉が急に頭を抱え、その場にうずくまった。

「波留くんっ？」

「な、なんだこれ……スゥナの魔法か？……くううっ！」

詩織にはよくわからないことを呟いたかと思うと、いきなり俊哉が立ちあがった。

ふらふらと近くの椅子に倒れこむように腰かけると、血走った目で詩織を見た。息が荒く、額に大粒の汗が浮きでている。明らかに様子がおかしい。目の焦点が微妙にずれている。息遣いも荒い。

「だ、大丈夫？　具合悪いの？」

「身体が……熱い……くあッ」

ただごとではないと感じた詩織が教師を呼びに行こうとするが、その手を俊哉につかまれた。そのますごい力で引き寄せられたかと思うと、

「は、波留くん？……きゃあ！」

いきなり床に押し倒された。そのまま詩織の身体に俊哉がのしかかってくる。

（なっなに、なんなのっ!?）

混乱して声も出せない詩織の胸に、俊哉の手が伸びてくる。

「やっ……やだ、ダメぇ！」

制服の下に隠されたふくよかな乳房が思いきり握られた。五本の指が柔肉に食いこんで痛い。

胸を揉んでいる手とは別の手が、スカートのなかに潜りこんできた。そのままいきなり太腿を撫でまわされる。

「ひっ……や、やめて……波留くん、じょ、冗談はやめて……ぇ！」

なめらかな太腿を撫でまわしていた手が、徐々にその上へと移動しはじめた。あわてて俊哉を突き飛ばそうとするが、本気になった男の力には到底敵わない。

「じょ、冗談なんかじゃない……俺は……ずっと……委員長が……詩織のことが好きだったんだ……っ！」

「っ!?」

両手首をつかまれ、床に押しつけられる。詩織のすぐ目の前に俊哉の顔があった。真っ赤に染まった目が、まっすぐに詩織に向けられている。

「こ、怖い……怖いよ、波留くん！……」

襲われていることよりも、俊哉が豹変《ひょうへん》したことのほうが詩織には恐怖だった。詩織の両目から、涙が溢れてくる。身体が震えるのをとめられない。

「詩織……っ！」

「んうぅっ……んんぅ!?」

十七年間守りつづけた唇が奪われた。いつか好きになった男に捧げるはずだったファーストキスは、悲しいほどあっけなく喪《うしな》われてしまった。このままでは唇だけでなく、処女までもが強奪されてしまう。それは気がおかしくなるほどの恐怖だった。

「イヤっ……イヤぁ!!」

ドン！

自分のどこにこんな力があったのかと思うほどの勢いで俊哉を突き飛ばす。たまたまみぞおちに入ったのも幸いし、俊哉は咳きこみながら教室の床に転がった。それを見て、詩織は一目散に逃げだした。意識してではなく、本能が脚を動かしていた。

（怖い……波留くんが怖い……っ！）

鞄《かばん》を置いたままなのも気づかずに、詩織はひたすら走りつづけた。

（ど、どうしてっ？　これ以上ないくらいに会心の魔法だと思ったのに……）

教室の外の廊下に身を隠していたスゥナは、呆然と、走り去る詩織と、うずくまって動かない俊哉を交互に見ていた。

「あー……失敗ね、これは」

隣りで見守ってくれていたレイが呟いた。

「失敗っ？　お姉様、私、なにを失敗したんですか!?」

「ええとね……魔法そのものは、まあ成功してるわ。私が見たスゥナの魔法のなかでは一番高度で、一番難しい魔法だったのは間違いないわね」

「だったら、どうして……」

「……魔法の目的、かしら」

レイはそれ以上はなにも言わなかった。それが余計にスゥナの不安を増幅させた。

（どういうこと？　魔法は成功しているのに、その目的が違っていたってこと？）

魔法の目的、つまり俊哉と詩織のなかに隠れている、互いへの恋心を刺激して表面化させることが誤りだったということなのか。

「詳しいことはあとでね。このまま詩織さんを放っておけないから追いかけるわ。スゥナは俊哉くんのほうを頼むわね」

「あ、はい、お姉様」

「こうなったのはあなたの魔法が原因なんだから、責任持って処理しなさい。いいわね？」

「……わかりました」

「頑張りなさい、スゥナ」

まだなにか言いたそうなレイだったが、軽くスゥナの頬を撫でると、そのまま身を翻《ひるがえ》して詩織の後を追っていった。

「………」

重い気持ちで教室に入る。俊哉は突き飛ばされたままの格好で、床に寝転んでいた。打ち所が悪かっただろうのか、苦しげな呻《うめ》き声がかすかに聞こえてくる。

「俊哉さんっ」

駆け寄るスゥナの脳裏に、もしかしたら自分も詩織のように襲われるかもしれないという思いがよぎった。だが、不思議と怖くはなかった。

「あ……スゥナ、か……うぅぅ」

先ほどまでの錯乱した様子はうかがえない。苦しげに顔を歪《ゆが》めてはいるが、そこにいるのはまぎれもなくいつもの俊哉だった。目には理性の光が戻っている。

「ごめんなさい、私の魔法のせいでこんなことになっちゃって……。俊哉さんは慰めてくれたけど、やっぱり私、落ちこぼれです……ウッウッ」

「バカ、泣くなよ……」

指でそっと涙を拭《ぬぐ》ってくれた優しさが嬉しくて、また新たに涙が溢れてくるのをとめられない。

「俊哉さん……どこが痛いんですか？　私、少しなら魔法で痛みをやわらげること、できます」

「い、いや……痛いというか、その……」

気まずそうに俊哉がうつ向く。その視線の先を辿ってみると、

「……うきゃっ！」

俊哉の股間が、隆々と盛りあがっているのが見えた。

「さ、さっきからここが急に……」

（もしかして私の魔法、こっちのほうにかかっちゃったの⁉）

人の心に関する魔法には多くの種類があるが、恋愛感情に作用するものと性欲を刺激するものは同系列に分類されている。人間の本能に近い部分という意味で、同系列ということになっているのだ。理性に働きかける魔法に比べれば難易度も低い。魔法のベクトルとしては近いため、そちらのほうに効果が出てしまったようだった。

魔力は分散する方向に作用する。魔法エントロピー増大の法則だった。

（そうか、それでさっき、詩織さんにあんなことしたんだ……）

「わ、悪いけど、その……俺、トイレに行くわ。このままじゃ帰れないし……」

さすがに恥ずかしそうにしながら、俊哉がのろのろと立ちあがる。ふくらんだ股間を隠すように腰が引けている。

「ま……待ってください」

「スゥナ？」

へっぴり腰でトイレへ向かおうとする俊哉の手をスゥナが引っ張る。

「……私の責任ですから、私がその……処理、します……」

耳まで真っ赤に染めながら、小さな声でそう言った。

（私のせいでこんなになっちゃったんだもん、仕方ないよね……）

そう、これは自分の責任なのだ。まるで言い聞かせるように何度も心のなかで繰りかえす。それなのに、なぜか胸が高鳴るのを抑えられない。レイに抱かれるときのように、いや、それ以上の興奮がスゥナの身体を包みこんでいた。

俊哉のベルトをはずし、一気にズボンを引きおろす。間髪《かんぱつ》を入れず、トランクスも脱がせてしまった。

「ふやっ！」

初めて見る男の象徴が、ブルン、と持ちあがる。真っ赤に充血して膨張した亀頭が、見るからに痛々しい。先走り汁でぬらぬらと濡れているのがスゥナにはひどく淫らに思えた。

「す、すごい……これが男の人のオチン×ン！……」

スゥナも人並みに性に関する知識はある。お姉様であるレイからいろいろ男についても聞いているから、平均よりはずっとセックスに対する免疫はあるはずだった。だがそれでも、実際に勃起したペニスは驚き以外のなにものでもなかった。

（でも……やらなくちゃ。私のせいなんだもの）

陰毛に覆われた根元に指を伸ばし、しっかりと固定する。

「スゥナ……ほ、本気なのかっ？」

「はい、したことないから気持ちよくないかもしれませんけど……」

艶めかしく潤んだ瞳で俊哉を見あげてから、ゆっくりと顔を股間に近づける。

（うわぁ……ヒクヒクしてる……）

ゴクリと生唾を呑みこんでから、ゆっくりと俊哉の亀頭を口のなかに収めていく。

唇や口腔粘膜が火傷《やけど》しそうなほどに海綿体は熱くなっていた。

「うぅ……温かくて気持ちいい……っ」

（俊哉さんの腰が震えてる？……）

まだ口のなかにイチモツを含んだだけだというのに、俊哉は明らかに歓喜の声をあげている。自分の行為によって俊哉が悦んでくれているということは、スゥナに大きな自信を与えてくれた。

亀頭をすっぽりと口に咥《くわ》えたまま、ガマン汁を溢れさせている尿道口に舌の先を触れさせる。少し苦い味がしたが、かまわずに頬を窄《すぼ》めてそれを啜《すす》った。

ジュッ……ジュル、ジュルルルッ。

「くっ……す、すごい……スゥナのそれ、滅茶苦茶気持ちいい……ッ」

奥歯を嚙みしめ、怒濤《どとう》のように押し寄せる快感に耐える俊哉だったが、それも長くはもちそうになかった。

(あ、また大きくなってる。男の人のオチン×ンってこんなになっちゃうんだ……)

顎に疲れを感じながらもスゥナは休まずに舌を動かしつづけた。口のなかに溜まった唾液が唇の端から垂れ落ちたが、気にならなかった。

「んぅ……んっ、んぶ……ちゅっ、ちゅぶ……」

うっとりと目を潤ませ、初めてのフェラチオに没頭していく。無意識のうちに手が肉筒をしごきはじめている。

(やだ……なんで私、こんなに興奮してるんだろ……ああ、でも俊哉さんのこれ、す

っごく大きくてたくましい……っ）

　頭を前後に大きく動かし、はち切れんばかりにふくらんだ肉棒を愛撫する。先端からはとめどなく汁が溢れてくるが、スゥナはそれを音をたてて吸いつづけた。

「ああ……スゥナ、俺……も、もう……あ、出る……出ちまうよ！」

　俊哉が口からペニスを引き抜こうとするが、スゥナは腰を追いかけるようにしてそれを許さない。

（いいんです、こうなったのはスゥナの責任なんですからお口に出してください……私、俊哉さんの精液、ちゃんと全部呑み干しますから！……）

　これまで以上に頭を振り、舌を怒張に絡ませる。

「あ……だめだ……アアアアッ！」

　ついに、俊哉が限界を迎えた。スゥナの口のなかで二度三度と勃起を跳ねあげながら、大量のザーメンを勢いよく放出してくる。

「んぶゥ!!……ンウウ……ン……ンンンン……っ！」

　口のなかどころか、喉の奥にまで熱いかたまりが当たってくる。その衝撃と息苦しさにむせながらも、スゥナは決してペニスを吐きださなかった。苦しげに涙を浮かべながらも、必死に俊哉の肉棒にしゃぶりついている。

（うああ、熱い……男の人の精液、すっごく熱い！……）

永遠につづくかと思われた射精が、ようやく終焉《しゅうえん》を迎えた。目だけを動かして俊哉を見あげると、快感に呆けたような顔をしていた。その無防備な表情にさせたのは自分だというのは、大きな自信となった。

（の、呑むよ……スゥナ、精液呑んじゃいますよっ）

きつく目を瞑《つむ》り、一気に口のなかに溜まった精液と唾液の混合液を呑み干す。

「んくっ……くっ……んんうっ！」

最初は抵抗感があったが、思っていたほどつらくはなかった。数回に分けて、射精された体液をすべて嚥下する。

「う、嘘……呑んじゃったの、スゥナ!?」

「は、はい……。ダメでしたか？」

「いや、そんな……。むしろ、すっげえ嬉しいよ」

「俊哉さんがそう言ってくれると、スゥナも嬉しいです。……あれ？　俊哉さんのこれ、まだ縮みませんね？　もしかして、まだ魔法が残ってますか？」

「そ、そうじゃなくって……。スゥナがあんまりその……可愛いから、勝手に……」

「あ……」

可愛いと言われて、スゥナの胸が疼いた。そしてこのとき初めて、スゥナは自分の初恋を自覚したのだ。

（そうだ、私……俊哉さんのことが好きだったんだ……）

「これ……もう一度、お口ですれば治まりますか？」

「ああ、多分」

「わ、わかりました。では、残った魔力も一緒に吸いだしますね」

ほんのわずかではあったが、俊哉の体内に魔力が滞っているのが感じられた。性欲と一緒にこれも処理すれば、俊哉のこの状態も治まるはずだった。

「では、ちょっと着替えますね」

スゥナが呪文を小声で唱えると、一瞬のうちに学校の制服から、あのフリルがいっぱいついたコスチュームに変わっていた。

このコスチュームは魔法をサポートしてくれる特殊な繊維で編まれており、特に魔法制御に難のあるスゥナにとっては欠かせないアイテムだった。

普段はあまり意識しないが、異性の前では少し恥ずかしいデザインなのも確かだ。しかしスゥナがこの格好になった途端、俊哉のペニスがまたひとまわり大きくなった。俊哉の視線を全身に感じる。

(あ……スゥナのこの格好を見て興奮してくれてるんだ……)

「スゥナ?」

スゥナは胸のボタンをはずすと、ややキツめの上着に圧迫された胸の谷間を曝けだした。レイほどではないが余裕で平均サイズを上まわる乳房が、深い谷間を形作っている。

「こ、こういうのは……どうですか?」

左右から胸を寄せあげるようにして、俊哉のたくましい肉棒を胸の間に挟みこむ。

「ああ、や、柔らかい……スゥナのおっぱいに俺のが呑みこまれてる!……」

パイズリはその感触もさることながら、ペニスが乳房に挟まれているという視覚的興奮も大きな魅力だった。しかも煽情的なコスチューム姿の巨乳美少女のパイズリとなれば、俊哉ならずとも声が出てしまうだろう。

(えと……確かこうすればいいのかな?)

昔レイに教わった技を思いだす。胸でペニスを挟んだまま、トロリと唾を垂らす。

まだ幼さの残る美少女が糸を引いて唾液を垂らす姿は、さらに俊哉を興奮させた。

(や、やだ……おっぱいがぬるぬるして……気持ちイイ……っ)

自分の唾が潤滑油となり、よりスムーズにパイズリが行なえるようになった。ただ

胸で挟むだけでなく、左右の乳房でこねるようにしごいてみたり、くびれたカリ首をこするように動かしてみたりする。そのたびに俊哉が気持ちよさそうに喘ぐのが、スゥナにはたまらなく嬉しかった。

「どうですか、スゥナのおっぱい。気持ちいいですか？」

「ああ、最高だ……柔らかくてすべすべしてて、温かい……。さっきあんなに出したばっかりなのに、俺、また出そうになってる……っ」

「出してください、俊哉さん。スゥナのおっぱいに、たくさん白いの出してくださいっ」

パクパクと蠢《うごめ》く尿道口に向けて、もう一度唾を垂らす。これまで以上に力をこめて乳房を動かし、射精をうながす。

「かけてください、スゥナに白いの、いっぱい……ひゃあン!!」

二度目の射精は、なんの予告もなしにいきなり訪れた。急激に高まった性感に、俊哉も告げる間もなかったのだ。

深い胸の谷間から先端だけ顔を出した亀頭から、まるで噴水のように白濁液が発射された。二度目にもかかわらず、濃厚な精液がスゥナの顔面や乳房に飛び散っていく。

「アア、出てる……いっぱい出てますぅ！」

顔面を汚されながら、スゥナもまた、妖しい興奮に身体を震わせるのだった。

4 露出の悦び

すっかり暗くなった道を、詩織はただひたすらに全力で走っていた。上履きのままだということに気づきスピードを緩めたのは、昨日、俊哉に下着を見られてしまったあの公園の前だった。

「ハア、ハア……」

短距離走並みのスピードで中距離を走ったせいで、身体中が酸欠状態になっている。夜の冷たい空気が火照《ほて》った肌に気持ちいい。

日頃あまり運動しないせいか、両脚がガクガクと震えはじめている。

ゆっくり呼吸を整えながら、公園のベンチに腰をおろす。

「なんだったんだろう、あれ……」

さっきは錯乱して俊哉を突き飛ばして逃げてきたが、あれはどう考えても異常だった。もちろん俊哉も若く健康な男子であるから、二人きりになったことで詩織に情欲を抱いたとしても不思議はない。だが、それにしてもあれはおかしすぎた。

（あの変な光が原因なのかしら？……）

自分も見たあの光を、どうやら俊哉も同じように見たらしい。それから様子が急変したのだから、あの光がすべての元凶だと考えるのが自然だった。

「これからどうしよう……」

靴も履き替えなくてはならないし、鞄《かばん》も教室に置いたままだ。ここから詩織の自宅まではまだ歩いてかなりある。上履きに手ぶらで帰るというのはあまりにも目立ちすぎる。なにより、そんな姿で家に帰ったら、

（お母さん、心配するだろうな……）

心配性の母に余計な不安を与えることになってしまう。

詩織とは血が繋がっていない、いわゆる義理の母だが、実の母親以上に彼女のことを気にかけてくれている。けれども、詩織は本当の意味で母に甘えたという記憶がない。父が義母と再婚したときには、詩織はもう十二歳とある程度精神的に成長していたということもあるが、それ以上に詩織自身の性格が大きかった。

父子家庭に育った環境もあり、人に甘えるということ自体、詩織は慣れてなかった。無防備に他人に自分を曝《さら》すことへの抵抗が人一倍あるのだ。弱いところを見せたくない、母には心配かけたくないという気持ちが、いつしか詩織を優等生へと変貌させて

いく。同時にそれは、本当の詩織がどんどん心の奥に追いやられていくことでもあった。

（やっぱり学校に戻らなきゃ）

しかし、まだ教室に俊哉がいる可能性が高い。もし正気に戻っていなければ、再び襲われるだろう。さっきはなんとか逃れることができたが、次はその限りではない。

（私、波留くんに犯されそうになったんだ……）

あらためてその事実に気づかされる。

（胸、二度も触られちゃったし、太腿だって……。ううん、それよりなにより、キス、されちゃったんだ、私……）

そっと唇に指を触れさせる。いつか好きな人と体験するはずだったファーストキスは、あまりにも悲しい奪われ方をしてしまった。

（でも波留くん、私のこと好きだって言ってくれたんだよね……）

目を閉じ、そのときのことを思いだす。

『俺は……ずっと……佐倉さんが……詩織のことが好きだったんだ……っ！』

俊哉が錯乱していたのは間違いないが、でも、この言葉は本心から出たものかもしれない。いや、そうであってほしいと詩織は願った。もしそうならば、今日のことは許せると思ったのだ。

「私、やっぱり波留くんが好きなんだ……」

無意識に、口に出して言っていた。声にすることで、自分に確認してみたかったのかもしれない。

（あ、あれ？　なんだか……身体がふわふわしてきてる？……）

突然、詩織の身体に異変が生じた。

最初は全力疾走したことによる疲れかと思ったのだが、どうやら違うようだ。下腹のあたりから、じんわりと熱い波が全身にひろがっていく。

「あ……やン……な、なんなの、この感じ……あ……あはン！」

身体中が燃えるように熱い。毛穴が開き、じっとりと汗が滲《にじ》みはじめた。

乳房の先端が痛いくらいにしこる。股間の奥の秘裂から大量の愛液が溢れてくる。

（な、なに、これ……なんで私、急にこんなに……アア！）

優等生の詩織とて年頃の女子高生。性に関する知識は人並みに持っていたし、自慰の経験もあった。だが、今全身を襲っているこの熱い疼きは、これまでの経験とは桁《けた》が違っていた。

「あっ……あああっ、熱い、熱いいぃっ」

胸が、花弁が信じられないほど熱を持っている。ここが公園だということがわかっていても、詩織は制服のなかに伸びる手をとめることができなかった。

興奮に震える指でボタンをはずし、ブラウスのなかに手を忍ばせる。汗を吸いこんだブラジャーをずらし、熱く火照《ほて》った乳房を思いきり揉んだ。

「うあっ！　アア、はあン!!」

思わず声が出てしまう。乳房の裾の部分を揉んだだけなのに、全身が総毛立つような快感が襲ってきたのだ。

（き、聞かれちゃうよ……声、誰かに聞かれちゃうぅ！……）

あわてて口もとを手の甲で押さえるが、胸を揉む手はとめられない。手を使って必死に喘ぎ声を押し殺しながら、左右の乳房を交互に揉みつづける。

「うぅ……うっ……んああッ」

強く手で押さえても、声はもれてしまう。

（ダ、ダメ、これ以上は本当に……っ）

いくら夜の公園とはいえ、誰も訪れないということはないだろう。いつ、誰が通りかかってもおかしくない場所なのだ。

（いけない、こんなこと……外でこんないやらしいことしちゃダメぇ……）

しかし、一度はじめてしまったオナニーは、さらに若い女体を燃えあがらせてしまう。乳房だけではもの足りず、硬くしこった乳首にも指で刺激を送りこむ。こりこりとしたゴムのような乳首を指でつまみ、ねじりあげる。鋭い快感が背中を駆けあがり、全身ががたがたと震えてしまう。

「んあっ、あ、んはあぁっ！」

怖いくらいに性感が高まっていく。いつものオナニーとは比較にならない悦楽が処女の肉体を翻弄《ほんろう》する。

（ダメ、胸だけじゃ物足りない……っ）

口を塞《ふさ》いでいたほうの手を、スカートのなかに潜らせる。声がもれることを気にしている余裕はすでになくなっていた。いつの間にか脚は左右に開き、腰はなにかを求めるかのように蠢《うごめ》いていた。清楚《せいそ》な白いショーツのクロッチには、楕円形の染みがはっきりと浮かびあがっている。

クチュ……クチュッ……。

「ひゃうぅン！」

指先が下着越しにほんの少し触れただけでも、詩織の秘所は鋭敏な反応を見せた。新たに淫蜜が分泌され、染みの面積が拡大する。ベンチに腰かけた尻がずるずると前

方へと滑っていく。自然、股間を突きだすような格好になってしまうことに詩織はまだ気づいていない。スカートから伸びた白い脚もじりじりと開いていく。

「うあぁ、はひっ、ひぃん！」

指先でコリコリと掻くように秘裂をいじると、気が遠くなりそうなほどに気持ちよかった。ショーツの上からでも、肉芽がぷっくりとふくれているのが感じられる。クロッチに吸収しきれない愛液が会陰部にまで垂れ落ちてくる。

（ああ、こ、こんなに濡れてる……私、どうしちゃったの？……こんなところで……こんな恥ずかしい格好で、オナニーしちゃってる！……）

詩織の身体がすっかりベンチからずり落ちていた。スカートも捲《まく》れあがり、淫らな体液で濡れそぼったショーツも丸見えだった。濡れたクロッチに透けて、うっすらと赤みがかった陰唇すら浮かびあがっている。

（い、いやらしい……私、なんていやらしいの……っ）

夜とはいえ、まだ時刻は八時にもなっていない。この公園を誰かが通りかかる可能性はかなり高いはずだ。

「見られちゃうよぉ……私の恥ずかしい格好、見られちゃうぅ……ああ、と、とまらない、指が勝手に動いちゃうのおっ！」

誰かにオナニーを見られてしまう。そう思った瞬間、詩織の肉体はさらに鋭い反応をするようになった。クリトリスは包皮を押し退けるほどに肥大し、クロッチとこすれて痛いほどの快感を送りこんでくる。乳首も限界まで勃起し、ブラウスの裏地に触れるたびに背中に電流が走った。

（いけない……こんなこと、いけないのに……っ）

恍惚《こうこつ》にとろけた表情を浮かべたまま、詩織はゆっくりとショーツを脱ぎはじめた。秋の夜風が火照《ほて》った股間に心地よい。脱いだショーツを丸めてスカートのポケットに突っこむと、あらためて自慰を再開する。

「み、見て……私のいやらしいオ……オマ×コ、いっぱい見て……っ」

生まれて初めて口にする卑語は、また新たな快楽を与えてくれた。優等生の自分がこんなにも淫らで浅ましい行為に耽《ふけ》っていることを、詩織自身が信じられない。なのに詩織の肉体はさらに歪《ゆが》んだ悦びを求めて、妖しくくねり、新たな愛液を垂れ流すのだ。

手のひらでこねつぶすように大陰唇をさすりつづけるうちに、詩織の身体がビクビクと震えはじめた。

（ダメッ、こんなの……こんなのでイッちゃうなんてイヤよっ……ああ、でも……アソコが……私のいやらしいオマ×コがどんどん熱くなってくるのぉ！）

ぷっくりとふくらんだ肉唇の合わせ目に指を押しこみ、薄い小陰唇の奥に潜む膣穴を抉《えぐ》る。処女膜を傷つけないよう浅めに挿入し、入り口付近の浅瀬を引っかくようにして愛撫する。

ぐちゅっ、じゅぷっ、ちゅぷ……。

夜の静かな公園に、処女のたてる淫らすぎる水音が響く。まるで精液のように濁った本気汁でベンチを濡らしながら、詩織は生まれて初めてのアクメを迎えようとしていた。これまでのオナニーでは味わうことのできなかった、本当の絶頂が近づいている。

（イク、イク！　私、本当にイクゥ!!）

そのときだった。

「ヒッ!?」

詩織の視界の隅に、動く人影があった。公園の奥のほうから、若い大学生くらいの男が犬を連れてこっちに向かっていた。夜の散歩なのだろう。

（く、来る……こっちに来る！……）

今ならまだ間に合う。乱れた服を整えベンチから立ちあがれば、ここで自慰に耽っていたことはバレないだろう。だが詩織の指はとまるどころか、よりいっそうその動きを加速していた。

（ほ、本当に見られちゃうのにっ、こんな恥ずかしいところ見られちゃうのにぃ！）

死ぬほどに恥ずかしいのに、詩織の深層意識はそれを望んでいる。見られたくないのに、見られたい。身体の奥の奥まで曝《さら》けだしたい。

（ダメ、もう……もう……っ）

男は、すぐそこまで来ていた。あと少しでこちらにも気づくことだろう。

「え……ええ!?」

（き、気づかれたっ）

反射的に両脚が閉じられる。だが、すぐにまた左右に大きく開いてしまう。

「見てください……私の恥ずかしい濡れオマ×コ、奥まで見て……ぇ！」

興奮に掠《かす》れた声で、ついに言ってはならない言葉を口にする。

「な、なんなんだ、これは……」

なにかの撮影とでも思ったのか、男は首を振ってあたりを見まわしている。主人が立ちどまったことに対して、犬が不満そうに唸《うな》っている。

「イイ、指、気持ちイイッ！　イッちゃう、イッちゃうぅ!!」

詩織の狂乱ぶりを、男が生唾《なまつば》を呑みこみながら見つめる。丸出しの秘部を激しくこすりながら露出オナニーをする美少女を、血走った目で凝視《ぎょうし》する。

「ふあっ、んあああぁっ！　イキそうなの……私、見られながらイキそうになってるのお！　アア、もっと奥まで見てぇぇ!!」

両手で肉ビラをつまみ、思いきり開いた。白く濁った蜜がドロリと溢れだす様は、まるで膣内に射精されたかのようだった。

（奥まで……オマ×コの奥まで覗かれてる！……）

見も知らぬ男が自分の女性器を覗きこんでいるのを見た瞬間、ついに詩織は絶頂を迎えてしまった。目の前が真っ白になり、尿道口と膣口から少量の飛沫が噴きだす。

「あっ、あああぁ、イッ……イク……ッ!!」

（イッてる！　私、露出オナニーで達しちゃった！……）

ビクビクと汗まみれの肢体を痙攣《けいれん》させながら、筆舌《ひつぜつ》に尽くしがたい快楽に酔いしれる。ところが、

（あ……あれ？　なんだか急に……）

あれほどに熱かった身体の火照《ほて》りが、急激に引いていく。意識にかかっていた霧のようなものも去り、詩織は一瞬にして正気を取り戻した。

「あ……わ、私……きゃあああぁ!!」

自分のあまりに淫らな姿に悲鳴をあげながら、あわてて脚を閉じ、スカートを直す。乱れたブラウスをかき合わせ、乳房も隠す。

「へ……へへ、なんだよ、イッちまったんだろ？　いいじゃんか、もっと見せろよ。アンタ、露出狂なんだろ？　安心しな、見てるだけでなんもしねえからよ」

「ヒッ！……」

男は興奮に鼻の穴をひろげながら詩織ににじり寄ってくる。

「や、やだ……来ないで……お願い、私に近寄らないで……ッ」

「今さらそんなこと言ってもおせーんだよ、この変態女ッ！　さっさと……あがっ」

「？」

恐怖に閉じた目を恐るおそる開くと、男はその場に膝をついて失神していた。リードで繋がれた犬が、脅《おび》えたように尻尾を体の下に丸めている。

（な、なにが起きたの？……）

だが今は、この場を逃げだすのが先決だった。ポケットからショーツを取りだし、大急ぎではき直す。クロッチが濡れていて気持ち悪かったが、なにも着けないよりはずっとマシだった。

「あ、あれ？」

ベンチには、なぜか詩織が学校に置いてきたはずの鞄《かばん》と上履きがあった。

「な……なんで？」

いくつもの『？』を抱えながらも、詩織はとりあえず靴を履き替え、鞄を持って公園から逃げだすのだった。

第三幕 彼女の告白、想いが重なるとき

1 女教師の正体

（あれは結局なんだったのかしら……）

まだ誰も登校していない無人の教室で、詩織はぼんやりと窓の外を見ていた。薄く伸びた白い雲のさらに上に、真っ青な空がひろがっている。朝の学校特有の静けさが心地よい。あと三十分もすれば、この教室もクラスメイトたちの話し声でうるさくなるのだろうが。

（夢……ってわけじゃ、ないわよね……）

昨日の放課後はあまりにいろいろなことがありすぎた。俊哉に襲われたことだけでもショッキングだったのに、まさか自分までもがあんな淫らな行為をするとは今でも

信じられない。しかも、

（どうしてあのとき、あの男は急に倒れたのかしら？　そして、鞄《かばん》と靴を届けてくれたのは、いったい……）

「はあ……」

今朝だけで何度目かのため息をつく。なによりも憂鬱《ゆううつ》なのは、俊哉とどう接すればいいのかということだった。

（ごめん……って私が謝るのもおかしいし……）

「はあ……」

「朝っぱらから、ため息ばかりね、詩織さん」

「ひゃあ!?」

いきなり背後から声をかけられた詩織は、文字通り飛びあがって驚いた。

「レ、レイ先生っ……お、驚かさないでください……」

「フフフ、ごめんなさいね。でも、あんまりあなたが真剣に悩んでいるようだったから」

いつものようにタイトなスーツに身を包んだレイが、いつの間にかそこに立っていた。

「悩んでいるように……見えましたか？」

「ええ。……俊哉くんのこと？　それとも、公園での露出オナニーのこと？」

「なっ……なんで……っ」

詩織の目が驚愕に見開かれる。椅子から立ちあがり、レイから逃げるように後ずさる。

「もしかして、夢だとでも思ってたのかしら？　そんなわけ、ないわよねえ。あれだけ激しくオナっていたんだもの、夜にはまた身体が疼いてしようがなかったんじゃない？　家でもしちゃったんでしょ、オナニー？」

「……っ！」

図星だった。一度は落ち着いた肉欲だったが、寝る頃にはまた激しい疼きに襲われてしまったのだ。いけないこととは頭ではわかっていても、詩織は股間に伸びる手を押しとどめることはできなかった。枕に顔を押しつけ必死に声を押し殺しながら、詩織は何度も達してしまったのだ。

「もちろん、俊哉くんをオカズにしたのよね、詩織さんは」

レイが妖しく微笑みながら、少しずつ詩織との間合いをつめてきた。詩織は気圧《けお》されるように後ずさりをつづける。レイは危険だと、直感が告げていた。

「想像したんでしょ、あのまま俊哉くんに犯される自分を。それとも、大股ひろげてオナニーするところを俊哉くんに見られるのを夢想しながらイッたのかしらね?」

「いったいなにを言ってるんですか、先生……」

気丈に言いかえしてみるが、声が震えるのは隠せない。声だけでなく、全身に細かい震えが来ていた。

(怖い……この人、なにか普通じゃない!……)

ドン。

詩織の背中が黒板に当たる。いつの間にかここまで後退させられていたことに驚く。

「ほら、もう逃げ場はないわよ?」

レイはおかしそうにクスクスと笑う。

「こ……来ないでッ」

詩織は黒板消しをつかむと、思いきりレイに向けて投げつけた。しかし、レイの顔面に当たるはずの黒板消しは、不思議なことに見えない壁にぶつかったように跳ねかえり、床に転がった。もうもうとチョークの粉があたりに舞いあがる。

「教師にそんなもの投げるようないけない生徒には、ちょっとキツいお仕置きが必要ね。詩織さん、あなたには特別授業を受けてもらうわよ?」

パチン。

レイが指を鳴らした瞬間、詩織の意識はそこで途絶えた。

2 解き放つ触手H

詩織が目覚めたとき、最初はそこがどこだかわからなかった。ただなんとなく、見慣れた天井や床から、学校のどこかだろうとは思った。

「わ……私……いったい……」

「あ、目覚めたようね。気分はどうかしら？」

レイの声に、一気に意識がはっきりする。と同時に、自分が今、どんな状態でいるのかにも気づいた。

「せ、先生……ここは……私、どうしてこんなところに……」

詩織は見知らぬ教室に寝転がされていたらしい。カーテンの隙間から入ってくる日差しは明るく、気を失ってからまだそう時間は経っていないようだ。

「ああ。そういえば、まだ詩織さんの記憶、封印したままだったわね」

レイの艶やかな唇がなにごとかを呟くと、蛍《ほたる》のような光が宙に現われた。そしてそれは一直線に詩織の額に吸いこまれる。

「きゃあ！……え……えぇ!?」

魔法によってブロックされていた詩織の記憶が解放される。先週の日曜日、俊哉の部屋でスゥナとレイがいきなり出現したときの記憶が鮮やかによみがえってきた。

「どう、思いだしてくれた？　あ、ついでだから、格好もあのときと同じにしようかしらね」

レイの肉感的な肢体が淡い光を放ったかと思うと、一瞬にしてスーツ姿から魔法使いのコスチュームへと変身していた。まるでレオタードのように身体に密着した生地と、それを飾るような多くのフリルが目を引く。

「あなたはあのときの！……」

「そ、日曜日はごめんなさいね、いきなりお邪魔しちゃって。あの子、ドジなものでね、ちょっと登場するタイミングをはずしちゃったのよ」

「あなたはいったい何者なの？……」

「もうわかってるでしょ？　私は魔法使いよ。ここはちょっと違う世界から出張中なの。ちなみに公務員だから、教師とはお仲間ね」

「魔法使い……」

そんなことを言われても、すぐに信じられるはずもなかったが、しかし、詩織はすでに魔法としか思えない現象を何度も見てしまっている。自分自身、記憶を封印されるということも経験しているのだ。

「もしかして昨日、波留くんや私の様子がおかしくなったのも魔法のせい？……」

「さすが委員長、察しがいいわね。その通りよ。……もっとも、あれはスゥナが失敗しちゃっただけで、本当は違う魔法のはずだったんだけどね」

本来は、詩織の意識の奥に隠れている俊哉への想いを増幅するはずだったスゥナの魔法。しかしそれは魔法が発現する直前、微妙に変化をしてしまう。スゥナのなかに目覚めはじめた俊哉への想いが、無意識に魔法をねじ曲げてしまったのだ。

高位の魔法は失敗すると、同じ系統の下位の魔法にスライドするケースがある。今回はそれだった。しかも魔法の対象も拡散してしまい、詩織の近くにいた俊哉にまで及んでしまったというのが、昨日の顛末《てんまつ》だった。

そのことを説明された詩織が、疑問を口にする。すでに魔法の存在を疑う気はなくなっていた。

「下位の魔法にスライドするというのは、どういうことなんです？」

「理性に働きかけるはずだったのが、本能に近い部分に魔法がかかってしまうってことよ。理性よりも人間本来の本能とか欲望を刺激するほうがずっと簡単なの。つまり」

俊哉は詩織への想いと同時に性欲を、
詩織は誰かに恥ずかしい姿を見られたいという露出への願望を、
それぞれ魔法によってあぶりだされたのだとレイは言った。

「う、嘘です……私、露出なんて……そんな……っ」

「あら、昨日の夜、あれだけ乱れておいて、そんなこと言うの？」

「!!」

「私、ちゃあんと見ていたんだからね、詩織さんが夜の公園で」

「イヤー！　言わないで、お願いです、言わないでくださいッ」

「うふふ、その様子だと自分でもわかっているようね。そうよ、あなたは誰かに見られることを想像して感じてしまう、正真正銘《しょうしんしょうめい》の露出狂なのよ」

（ろ、露出、狂……私が、露出狂！……）

違うと反論したかった。自分はそんな変態ではないとレイに言いかえしたかった。

しかし、詩織はもうすでに、自分で認めてしまっていたのだ。

（そうだ……私は昨日、あんな恥ずかしいことをして……見も知らぬ男の人にアソコを見られながらイッちゃったんだ……）

誰かに見られるかもしれないというスリルのなかでのオナニーは、思いだすだけでも股間が疼くほどの快感を与えてくれた。あの圧倒的な興奮の前では、もうどんな言いわけも通じない。今まで自我を押し殺してきた反動なのか、ありのままの自分を曝《さら》けだすという行為は、詩織にとってまさに禁断の果実だった。一度味わってしまったら、もう戻ることはできない。詩織はそんな予感がした。

「まあ、それはいいのよ、別にね。昨日のあの男の記憶はしっかり封印しておいたから騒ぎになることもないし。問題は俊哉くんのほうね」

「……波留くん？」

唐突に聞かされた俊哉の名に、またも詩織の心に動揺のさざ波がひろがる。

「率直に聞くわ。あなた、俊哉くんのこと、好き？　昨日あんなふうに襲われても、まだあの子のことが好きかしら？」

レイの顔は真剣だった。これまでの、どこか人をからかうような雰囲気は消え、怖いくらいにまっすぐに詩織の目を見つめている。

「………」

詩織は答えられなかった。本心を言えば、昨日のことで俊哉への想いは変わっていない。変わったのは詩織自身だった。

（私みたいな女が……露出狂の変態女が波留くんのことを好きだなんて言えない……ううん、言っちゃいけないの）

「どうなの？」

「……波留くんは同じクラス委員というだけで、特別な感情は抱いていません」

声が震えたのが、レイにはわかってしまっただろうか。少し不安になる。

「そう……。詩織さんのことだから、きっとそう言うと思ったわ。それが心配で、こうしてここに呼んだのよ」

「どういう……ことですか？」

「生真面目な……お義母さんのために自らを偽《いつわ》ってしまうようなあなたのことだから、自分の性癖に気づいて遠慮しているんでしょ？」

見透かされている、と詩織は思った。目の前の美しい魔法使いは、人の心まで読めるのだろうか。義母のことまで知られているとは、まったく予想外だった。

「残念だけど、人の心を読むのは最上級の魔法なの。私には無理。もちろんスゥナにもね。そんなことしなくても、それくらいのことはわかるわ。女の勘ね。……ああ、あなたのお義母さんのことは、こっちの世界に来る前に調べさせてもらったの。ごめんなさい」

「…………」

「素直になりなさい。大丈夫よ、俊哉くんはそんなことくらいで嫌ったりしないから」

詩織はなにも答えない。下唇を噛んだまま、うつ向いてじっと床を見つめている。

「……素直じゃないわねえ、あなたも」

レイは苦笑いを浮かべてため息をつくと、

「でもね、それならそれで私もヤリ甲斐《がい》があるってものよ」

と、切れ長の瞳を猫のように細めた。

レイは赤い舌で唇を湿らせると、小声で呪文を唱えはじめた。きわどいコスチューム姿のレイがぼうっと青白い光を放つ。長い髪が、まるで水中のようにゆらゆらと浮かんでいる。

(な、なに……またなにか魔法を使ってるの?……)

本能的に危険を察した詩織は、あわてて教室のドアへと向かって走りはじめた。が、その足首になにかが巻きついてくる。

「ダメよ、逃げちゃ。詩織さんが正直になるまで、ここから出すわけにはいかないの」

詩織の足首に巻きついていたのは、植物のツタだった。教室の窓側に置かれていた鉢植えから、緑色のツタが異常に伸びていたのだ。

「ヒッ……イヤ……イヤァ！　助けて、誰か、誰かー！」

「無駄よ。教室に結界を張っておいたから、いくら大声出しても誰にも聞こえないわよ」

レイはどことなく嬉しそうに言いながら、再び呪文を唱える。すると別の鉢植えから異常生育したツタが伸び、詩織のもう一方の足首に巻きついた。ツタは信じられないような力でぐいぐいと詩織を引きずり、レイの目の前まで連れてくる。

「私が一番得意にしているのが、植物を操る魔法なの。自分の手足のように扱えるのよ」

その言葉通り、教室中の鉢植えから次々とツタが伸び、まるで生き物のように蠕動《ぜんどう》しながら詩織の周囲に集まってきた。

「やっ……やだ……怖い……っ」

意志を持ったように蠢《うごめ》くツタが、詩織にはまるで毒蛇のように見えてしまう。これからなにをされるのかと、恐怖で身体の震えがとまらない。

「安心なさい、別に危害を加える気はないわ。……簡単なことよ、素直に俊哉くんが好きだと言えば、すぐに解放してあげる。そうすればスゥナの試験も終わるから、私たちはもう、あなたにちょっかい出すこともなくなるわよ」

「………私、波留くんのこと、なんとも思っていませんから……きゃっ」

足首だけでなく、今度は両手首にツタが絡まった。手首だけでなく、胴体にも数本のツタが巻きつく。

「いいわ、あなたがうんと言うまでつづけるからね」

どこにそんな力と強度があるのか、ツタは軽々と詩織の身体を空中に持ちあげる。両腕が真上に、足首が左右へと引っ張られた。詩織の身体が『人』という文字の形で宙に浮かびあがる。

「やめてっ……イヤぁ！」

「これからが本番なのよ？　ふふふ、いつまで堪《こら》えられるかしらね？」

オーケストラの指揮者のように、レイが腕を振った。するとそれに呼応するように、数本のツタが妖しい動きを見せはじめる。それはまるでそれぞれが意志を持った、淫《いん》靡《び》な蛇のようだった。

詩織の身体を持ちあげているものよりずっと細い、ちょうどスパゲティのパスタくらいのツタが、ゆっくりと詩織の身体を這いまわってきた。

「ひっ……や、やだぁ……き、気持ち悪いよお」

「あら、すぐに気持ちよくなるわよ？　ほら、こんなふうに、ね」

「んあああぁッ！」

緑色の触手が制服のなかに侵入してきた。ブラウスのボタンとボタンの隙間や袖口、襟もとに潜りこむだけでなく、太腿を撫でながらスカートの奥にまで這い登ってくる。

「どう？　慣れればクセになるわよ、これは」

レイに操られた触手は透明な液体を分泌させながら、ブラジャーやショーツのなかにまで侵入する。

（なんかぬるぬるしてるぅ……ああ、気持ち悪いよお！……）

あまりのおぞましさに必死に逃れようと手足を振るが、絡みついたツタはびくともしない。それどころか、さらに詩織の身体をキツく締めあげてくる。

その一方で、制服のなかに潜りこんだ触手たちは繊細な動きを見せはじめていた。

乳房に幾重にも巻きついた触手はリズミカルに収縮し、根元から先端にかけて絞るような動きをする。まるで出るはずのない母乳を搾り取るような蠕動《ぜんどう》だった。

その先端にある淡い色の乳首には、糸のように細い触手が巻きついている。乳房への愛撫で半勃起した乳首を優しくしごくだけでなく、乳頭をしつこくつつくのだ。

ショーツのなかの触手は、さらに淫靡な蠢《うごめ》きを見せている。濃くも薄くもない陰毛を器用に左右にかき分け、その奥に守られていた処女の秘裂を妖しく這いまわる。敏感な陰核を保護している包皮が剝きあげられ、容赦《ようしゃ》なく肉真珠をつつかれ、こねまわされた。

「んひぃぃ！　ひっ、ふひぃいン！」

一気に押し寄せる激しすぎる刺激に詩織は絶叫することしかできなかった。しかしその苛烈な責め苦も、時とともに甘い悦びとなって若い女体をとろけさせていく。

「やめて……こ、こんなの、イヤ……ぁ……」

「でも、詩織さんのアソコはもっとしてって思ってるみたいよ？　聞こえるでしょ、くちゅくちゅっていやらしい音」

「イヤッ、言わないで……ああ、イヤー！」

言われるまでもなく、詩織は自らの秘所が湿った音を出していることに気づいていた。理性は感じることを頑《がん》として拒んでいるにもかかわらず、触手の執拗《しつよう》な責めに肉体は敏感に反応してしまうのだ。

ぐちゅ……じゅぷ……ぴちゃっ……。

聞くまいと思えば思うほど、逆に詩織の意識は女陰へと向かってしまう。そのことが余計に触手の動きを感じることになるという悪循環が繰りかえされる。

「うあぁ……う、動かないでっ、お願い、それ以上、私のアソコ、ぐにぐにしないでぇ……っ」

詩織の愛液を浴びてぐちょぐちょになった触手が、さらに官能を絞りだそうと処女の蕾《つぼみ》をしつこく責めてくる。うっすらと開きかけた大陰唇を、触手がゆっくり左右にひろげていく。その奥に折りたたまれるようにして潜んでいたピンク色の花びらが、ぬらぬらと濡れ光りながら外側へと剝きだされた。

「ひあぁっ……ひ、ひろげないで……ああ、そ、そこ、ひろげちゃダメぇ……」

陰唇に隠されていた肉底が露わになる。クリトリスの下の小さな尿道口も、そのずっと下の処女の肉孔も、すべて曝《さら》けだされてしまった。しかも、そのあまりに敏感すぎる部分にまで、レイに操られた触手たちは攻め入ってくるのだ。

尿道口をつつき、膣穴の周辺を優しく揉みほぐすように緑色のツタが妖しく蠢《うごめ》く。

「そろそろいいかしらね」

レイが呟くと同時に、膣口周辺をつついていた一本の触手が、ついに処女の穴に侵入を開始した。

「ああっ、ダメ、そこは……そこは許してっ！」

処女の本能が最大級の警戒を発する。触手は指よりもずっと細いため、いくら処女の狭い膣穴とて、その侵入を防ぐことはできない。しかも詩織のそこは充分に愛液で濡れ、散々ほぐされているのだ。

「イヤァ……入らないで……私のなかに入らないでぇ！」

触手は詩織の狂乱を楽しむかのように、ゆっくりと肉襞をかき分けて奥へと進んでいく。

（こっ、こんなのに私の初めて、奪われちゃうなんてイヤッ！）

あまりに悲しすぎる処女喪失に、詩織はぽろぽろと大粒の涙をこぼした。なのに、触手に嬲《なぶ》られつづけている肉体は勝手に感じてしまうことが、さらに詩織を打ちのめす。乳首とクリトリスは破裂しそうなほどにふくれあがり、クレヴァスの奥からはドロリとした本気汁が溢れ、太腿にまで伝い落ちていた。

（こんなことなら、昨日、波留くんに犯されたほうがずっとよかった……）

心とは裏腹に感じてしまう自分の肉体を呪いながら、詩織はまるで子供のように泣きじゃくりはじめる。そこには普段の優等生・しっかり者の委員長としての面影はまったく見当たらない。

「もしかして詩織さん、このまま処女膜破られるんじゃないかって思ってる？　大丈夫よ、そんなことしないから安心なさい。膜は俊哉くんのためにとっておかないとね」

レイが妖艶な笑みを浮かべる。そして、それまでとは一変、膣道に潜りこんでいた触手が一気に詩織の子宮口めがけて動きだした。誰も触れたことのない肉襞をこすりながら、一瞬にして最奥にまで達する。

「あ……あああぁっ！　入ってくる、奥に、奥にいいぃっ!!」

内臓を直接抉《えぐ》られたような、想像を絶する衝撃が詩織を襲う。しかし、なぜか痛みは感じなかった。

「ふふふ、言ったでしょ？　処女膜は破らないって。私の可愛いツタは細いからね、膜の真んなかを通って奥まで潜ったのよ。……どう、処女のまま奥までいじられた感想は？」

スゥナとの行為とは違う興奮に、レイの声も上擦《うわず》りはじめていた。妖艶に顔を上気させながら、そっと自らの股間を撫でまわしている。

「な、なにこれ……やだ、変……お腹の奥、なんだかくにくにされてるのぉ……ああ、動いてるよ、私のなかで、いっぱい動いてるぅ！」

ドーナツ状の処女膜の中心を通って膣奥に達した触手の先端が、さらに細かい触手に分裂した。もう一本一本は爪楊枝《つまようじ》ほどの太さしかないが、その分、数は多い。それらが処女の膣襞を優しく、ときには強めにつつき、こすってくる。

「ひうぅン！　はふっ、くふゥン！　イヤ、動かないで、お願いだからそんなに激しくしないでェ！　ひあっ、んあああッ!!」

（やだ、これ……すごく気持ちイイ……ダメ、イッちゃう……私、こんなのにイカされちゃうよお！……）

必死に快感を追い払おうとする詩織だったが、敏感な粘膜を無数の触手に責められては、達するのはもう時間の問題だった。膣内だけでなく、乳房や乳首、脇の下、脇腹、へその穴、太腿やふくらはぎなども触手たちの執拗《しつよう》な愛撫がつづいているのだ。

「イク……イッちゃうよおぉ……ああ、イク、もう……もうダメ……ぇ……」

頭のなかが真っ白になり、いよいよその瞬間が近づく。汗と涙と涎れにまみれた顔は淫らに紅潮し、処女とは思えない淫蕩《いんとう》な雰囲気を漂わせている。

（イク……イクゥ！……）

あと一押し、あとほんの少しだけ触手が動いてくれれば達するという直前で、すべてのツタが動きをとめた。

「ど、どうして？　あとちょっとでイケたのに……ああっ、お願いです、イカせて、詩織をイカせてぇ！　ああ、動いて、ねえ、動いてよお！」

アクメの直前で放りだされた詩織は、涙を流しながらレイに懇願をする。ここまできてやめるというのは拷問《ごうもん》以外のなにものでもなかった。

「ああ、お、おかしくなるぅ……イキたいんです、私、思いきりイキたいのおおおぉ……」

腰を振って愛撫の再開をせがむが、レイは涼しい顔でその哀願を受け流す。

「詩織さん、もう一度聞くわ。あなた、俊哉くんのこと、好き？」

「……………そ、それは……」

「答えなさい。それとも、自分からイカせてくれって叫ぶような女には、男の子を好きになる資格がないとでも言いわけするつもり？」

「い、言いわけだなんて、そんな……」

自分の胸の内を指摘され、言い淀《よど》む。

「いいじゃない、エッチな女の子で。詩織さんは昨日、俊哉くんに襲われて、それであの子のこと嫌いになった？」

「あれは……スゥナちゃんの魔法のせいで……」

切なげに汗まみれの肢体をくねらせながら、掠《かす》れた声で答える。

「それはそうだけど、あなたを襲ったのはまぎれもなく俊哉くんの潜在意識よ？　あの子のなかに、詩織さんを犯したいという願望があったのは事実なんだから」

（波留くんが私を？……）

しかし、そう言われても詩織はいやとは思わなかった。好きな男が自分を欲しているということは、むしろ嬉しかった。

「だからね、逆も同じなの。あなたがエッチな女の子でも、あの子は気にしないと思うわよ。他の男の子ならいざ知らず、俊哉くんがどういう人間か、詩織さんはよくわかっているでしょ？」

レイの言う通りだった。俊哉は決して他人を見下したり否定したりせず、絶対に相手のいいところを見つけるような人間だった。だからこそ男女を問わずあれだけ誰からも好かれるのだし、詩織も心惹《ひ》かれるようになったのだ。

「ああ……波留くぅん……はぁん、イキたいの……先生、私、イキたいです……」

「じゃあ、言う気になったのね？」

「は、はい……。私、波留くんが……俊哉くんが、好きです。大好きです……んあッ、アアー！　ヒッ、は、激しっ……ひっ、う、うねってる、お腹がいっぱい掻きまわされてふうぅッ！」

動きをとめていた触手たちが、いっせいに詩織への愛撫を再開した。焦《じ》らされた官能の炎は、一瞬にして詩織の身体を焼きつくしていく。

「ひあっ、イク、イクイクゥ！　イッちゃう、私、本当にイッちゃふううぅ！」

「いいわよ、今度こそ好きなだけイキなさい。俊哉くんのことを思いながら、思いきりイッちゃいなさい」

詩織につられるようにして、レイの股間をいじる指の動きが加速していく。詩織の乱れる様をオカズに、手淫に耽《ふけ》る。

「イヤぁ、見られちゃう、俊哉くんにイクとこ見られちゃううぅッ！　ヒイッ、来るの、アソコの奥から熱いのがどんどん来てるのおぉ！　好きなのっ、詩織、俊哉くんが好きなのぉ！　ああ、見て、詩織がいやらしくイッちゃうとこ、いっぱい見てええ！」

初恋の男の名を叫び、無数の触手に貪《むさぼ》られながら、いよいよ処女の肉体が最後の階段を昇る。耳の奥がキーンと鳴り、視界が真っ赤に染まった。息苦しいほどの激しくも甘い悦楽が全身を包みこむ。

「イグッ、イグーっ！　はひっ、はひぃぃ!!　イ……イク……っ！……」

ガクンと頭を後方にのけ反らし、触手に巻きつかれた身体を大きく痙攣《けいれん》させる。愛液に混じって大量の潮を教室の床にほとばしらせながら、詩織は快楽の頂点を極めさせられてしまった。

（イッちゃった……私、またこんな変態プレイでイッちゃった……）

昨夜の露出オナニーにつづく恥ずかしすぎる絶頂に、詩織はもう認める他はなかった。

（私、変態なんだ……いやらしいことされて喜ぶ変態女なんだ……）

そんな詩織をネタに自慰に耽《ふけ》っていたレイも、一呼吸遅れて絶頂を迎えた。

「あぁぁ……イイ、イク……私も……ハアァァ……ッ！」

コスチュームの股間に大きな染みをつくりながら、ブルブルと均整のとれた肢体を震わせていた。

「あはあぁ……よかったわよ、詩織。あなたのアクメ顔見てるだけで、私までイッちゃったじゃないの。……って、もう聞こえてないかしらね？」

いつの間にか異常発育させられたツタの触手は元の姿に戻っていたが、詩織は床に寝転んだまま、まだ時折り襲ってくるアクメの余波に身体を震わせている。レイの言葉が届いているかどうかは微妙なところだった。

「ごめんね、詩織さん。そして、スゥナ。……こうすることが、あなたの……あなたたち二人のためなのよ」

そう呟くレイの表情は、どこか悲しげであった。

3 本物の口づけ

レイから解放された詩織がふらふらと教室に戻ると、ちょうど昼休みになったところだった。クラスメイトたちは購買部に走りだしたり、友達と弁当を食べるために机を移動させたりしている。授業が終わったことに気づかず、机に突っ伏したまま眠っている男子生徒もいた。いつもの昼休みの光景だ。

「委員長、貧血だったんだって？　大丈夫？」

詩織の姿を見つけた久美子が心配そうに寄ってくる。

「貧血？　あ、うん、もう平気よ、保健室で寝てきたから。心配してくれてありがとう」

レイがクラスメイトには貧血と言ったようなので、適当に話を合わせる。

「私より、俊哉くんが一番心配してたよ。午前中、ずっと落ち着きがなかったもん」

「波留くんが？」

俊哉が自分を気にかけてくれたことに、思わず頬が緩む。その一方で、先ほどの自分の痴態を思いだして頬が火照《ほて》ってしまう。

（波留くんのこと好きって叫びながらイッちゃったんだよね、私……。ああ、どうしよう、私、どんどんエッチになってっちゃう……）

レイの思惑通り、一度口にしてしまった俊哉への想いは時とともに詩織のなかで大きくふくれあがってくる。どんどん熱くなる頬を冷やすために、そっと廊下に出て窓を開けてみた。外は快晴で、心地よい秋風が火照った顔を冷ましてくれる。

「ふう……」

目を閉じてゆっくり深呼吸をしているうちに、ようやく気分も落ち着いてきた。まだ身体は少し疼いていたが、この程度なら我慢できる。なによりも母のために、詩織は優等生をやめるわけにはいかないのだ。優等生をやめた自分にはなんの価値もないと詩織は頑《かたく》なに信じていた。

（そろそろ午後の授業もはじまるかな）

予鈴を耳にした詩織が目を開けると、

「きゃっ！」

すぐ横に、俊哉が厳しい表情で立っていた。いつもの屈託のない笑みはなく、唇が真一文字に結ばれている。寝不足なのか、白目の部分がやや赤い目で詩織を見ている。

「は、波留、くん……」

「具合、よくなったのか？」

「あ、う、うん……もう大丈夫。ありがとう」

「今日の放課後、ちょっと話があるんだけど、いいか？」

いつにない真剣な顔に、思わず反射的にうなずいてしまう。

「悪いな。それじゃ、また後で」

険しい顔のまま、俊哉は一人で教室に戻っていく。

（なんだろう、話って……）


この日から、大道具や小道具の係になっている生徒の活動も本格的にはじまった。すでにスケジュール表は配ってあるので、あとは各係のリーダーに任せることになっている。クラス委員の詩織と俊哉も、今後は役者としての作業がメインとなる。

（もっとも、肝心の台本がまだだから、なにもできないんだけどね……）

予定では明日台本も完成するらしいので、さしあたり今日は特にすることもない。

手持ちぶさたにしている詩織に、俊哉が声をかけてきた。

「委員長」

「ちょっと来てくれないか」

相変わらず堅い表情の俊哉の後をついていく。

(どこに行くんだろ?)

連れてこられたのは視聴覚室だった。すでに清掃も終わったのか、室内には誰もいなかった。

「それで、話って?……」

「ここなら誰にも邪魔されないと思ったから」

もしかしたら告白してくれるのかも、という淡い期待を押し隠しながら、できるだけ冷静な声で尋ねる。静かな場所で二人きりというだけで、詩織の胸はドキドキと高鳴っていた。

「……昨日は、ごめん」

ところが、俊哉は告白どころか、腰を折って謝罪をはじめるのだった。

「あんなことしておいて許してもらえるとは思ってないけど、本当に、すまなかった。

……ごめん」

どうやら俊哉は、昨日詩織を襲ったことを謝っているらしい。まるで血が滲《にじ》むような声に、俊哉の心情が伝わってくる。

「いいのよ、もう。あれはスゥナちゃんの魔法のせいだったんでしょ？……そりゃ、最初はびっくりしたけど、別に波留くんのこと、怒ってないわよ」

「え……魔法のこと、知ってたのか？……」

詩織が怒ってないことに安心したのか、少しだけ俊哉の表情が緩む。

「あ、うん、さっきレイ先生に記憶戻してもらったし、事情も教えてもらったから」

「そっか……。でも、それでも俺が委員長を傷つけたことに変わりはないから」

（なんだ、謝るためにわざわざここに連れてきたの。期待した私、バカみたい……）

内心期待していた自分が恥ずかしくなる。

「それで……今さらこんなこと言えた義理じゃないんだけど……」

ところが、俊哉の話はまだ終わってはいなかった。

「昨日言ったのは、でも、俺の本心なんだ。魔法は関係ない。俺、ずっと委員長が好きだった。これが言いたかったんだ」

不意打ちのような俊哉の告白。飾らないまっすぐな言葉が俊哉らしい。

「もしよければ、俺と付き合ってほしい」

突然のことになにも言えないでいる詩織に、俊哉はさらに言葉を重ねてくる。ストレートすぎるほどストレートな言葉に、いよいよ詩織は胸がいっぱいになってしまう。

（う、嬉しい……波留くんも私を好きだったなんて！……）

天にも昇る気持ちというのはこういう気分なのだろう。

「……それとも、やっぱり俺みたいな軽薄な男はだめか？　他に好きな男がいるのか？」

なにも答えない詩織に、今度は俊哉が不安そうな表情を浮かべる。今日はいろいろな俊哉の表情が見られる日のようだ。

「ち、違うの。私……私……」

私もあなたのことが好き。

そう言えばいいだけなのに、それを口にすることができない。

（いいの？　本当にいいの？　私みたいな変態が波留くんに好かれる資格なんてあるの？）

そう思う一方で、このまま俊哉の告白を受け入れたい気持ちも大きい。

ほんの数時間前のことを思いだす。

（そうよ、波留くんなら……きっとこの人なら、本当の私を知っても大丈夫……）

ここで俊哉を拒否したら、レイに恥ずかしいことをされた意味がない。

「わ、私……きっと波留くんが思ってるような女じゃないよ？　委員長としての私は、本当の私じゃないのよ。それでもいいの？」

「ああ、かまわない。ずっと……半年もきみのことを見てきたんだから」

半年ということは、同じクラスになって知り合ってすぐということだ。

（そんなに長い間、想っていてくれたんだ）

しかし、だからこそ余計に隠し事はしたくなかった。今以上に俊哉のことを好きになってから振られるよりも、傷の浅いうちに本当の自分を告白しようと詩織は思った。

「昨日ね……魔法にかかったのは私もなの」

もう後戻りはできない。詩織はうつ向きながら、昨日の夜のことを話しはじめた。

公園で身体が疼きはじめたこと、ベンチに座ったままオナニーをしてしまったこと、そして見知らぬ男に見られながら達してしまったこと……。

最後には涙をこぼしながらも、それでもすべてを俊哉に打ち明けることができた。

死にたいくらいに恥ずかしかったが、それ以上に肩の荷をおろしたという安堵《あんど》感があった。これで嫌われたなら、それはそれでしかたないと思えた。

「これでもまだ、私なんかを好きだって言える？」

「ああ、何度でも言えるさ。俺、委員長が……いや、詩織のことが好きだ」

「あっ！……」

俊哉がいきなり詩織を抱き寄せ、唇を奪う。昨夜につづく、セカンドキス。

「や、やだ、いきなり……」

頬を染めた詩織は、しかし、自分から俊哉の胸に顔を埋めていく。想像していたよりもずっと大きく厚い胸が温かい。

「俺、ずっと思ってたんだ。いいん……いや、詩織の本当の笑顔が見たいって。詩織、いつもつまらなさそうにしてるだろ？　友達とおしゃべりしてるときだって、本心から笑ったこと、ないだろう？　初めて詩織を見たときから気になってたんだ」

「………」

「最初はそれだけだった。でも、次第に詩織を笑わせたい、詩織の心の扉を開かせてあげたいって思うようになっていったんだ。……今から思えば、最初から惚れてたんだろうな、詩織に」

「物好きだね、波留く……ううん、俊哉くんも。後悔するよ、きっと？」

「しないね。それだけは自信がある」

もう一度、唇を奪われた。今度は舌が唇を割って侵入してくる。詩織はそっと唇を緩め、俊哉の舌を迎え入れた。自らも舌を伸ばし、愛《いと》しい男の唾液を啜《すす》る。

「ん……んふ……んぅぅ……」

両手を俊哉の背にまわし、自分から胸を密着させる。二人の間で乳房が柔らかく押しつぶれた。

(これが……大人のキス……)

舌と舌が絡み合う甘い感触。夢想していたよりもずっと心地よい。舌粘膜が絡み合うたびに、詩織の背中に軽い電流が駆け抜けた。

「あっ!……」

詩織の尻に手がまわされた。スカートの上から左右の尻肉をさわさわと撫でられる。以前電車で痴漢にあったときはただ嫌悪しか感じなかったのに、俊哉に触られると、それだけで声がもれてしまう。

「や、やだ……俊哉くんの撫で方、やらしいよお……ふあぁ……」

「そのわりには詩織、気持ちよさそうだな。腰、勝手に動いてるぜ?」

「だ、だって……あっ、やだ、スカート……捲《めく》っちゃダメぇ!」

尻を撫でまわしながら、俊哉は少しずつスカートを上に捲りあげていく。詩織は俊哉の胸に頰を押しつけながら、きつく目を瞑《つぶ》って恥ずかしさに耐えていた。

白いショーツがすっかり露わになる頃には、詩織の額にびっちりと汗が浮かんでいた。熱い息がもれ、時折り身体が小さく震える。

(恥ずかしいのに、身体中が熱い……俊哉くんに触られると、それだけで変な気分になっちゃう……)

俊哉はスカートの裾を腰に挟みこませ、完全に詩織の臀部《でんぶ》を曝《さら》けだしてしまった。

「やだぁ……お尻、丸見えになっちゃう……」

「でも詩織は、こういうの好きなんだろ？　さ、今度は後ろ向いて、そのままお尻、俺のほうに突きだしてみて」

言われるままに背中を向け、剝きだしになったショーツを見せつけるように腰を後方に突きだした。両手を机につき、両脚を開くようにも命じられる。

(こ、こんな格好するなんてっ)

処女にはつらすぎる羞恥ポーズにもかかわらず、詩織の鼓動はますます速まった。日焼けをしていない肌がぼうっとピンク色に染まり、汗ばんだ女体からはかすかに甘い体臭が漂ってくる。

肩幅以上に大きく開かされたせいだろう、ピンと張った太腿の裏側やふくらはぎがプルプルと震えていた。ショーツのクロッチのあたりに、うっすらと楕円形の染みが浮かんでいる。

「へえ、ホントに詩織、見られると興奮するんだね。パンティに染み、できてるよ」

「イヤぁ！」

「おっと、勝手に脚、閉じないで。大丈夫、俺の前でなら、好きなだけエッチになっていいんだから」

あわてて脚を閉じようとするのを押さえながら、すっ……と染みのあたりを撫でる。そこは布越しでもはっきりとわかるほどに湿っていた。

羞恥によって喚起《かんき》される興奮で詩織は気づいていなかったが、責めている俊哉もまた、激しい興奮を感じていた。スゥナによるフェラチオやパイズリの経験はあっても、未だ正真正銘《しょうしんしょうめい》の童貞なのだ。詩織の性癖を知り、どうにか悦ばせようと俊哉も必死だった。

「軽く触ってるだけなのに、どんどん濡れてきてる。あ、ここの硬いのって、詩織のクリトリスだろ？　ほら、コリコリってしてるぞ」

指の腹でこねるように敏感な肉豆をいじられた詩織が、背中をのけ反らして声をあげた。

（ああ、恥ずかしいっ。こんなにいやらしい声出してたら、きっと嫌われちゃうよ

お）

なんとか喘ぎ声だけでも堪《こら》えようとするのだが、俊哉も慣れてきたのか、的確に詩織の感じるところを責めてくる。クリトリスを左右から挟むようにして押しだし、包皮を剝いてから突起をいじってくるのだ。ショーツ越しとはいえ、敏感な肉芽には充分すぎる刺激だった。

クロッチの染みはもう拡大の一途を辿り、その奥の秘裂が透けて見えていた。処女らしく可憐《かれん》な二枚の肉貝に、ぴったりと布地が貼りついている。陰唇の周囲には秘毛が生えていないため、くっきりとクレヴァスが浮きあがっていた。

「詩織のオマ×コ、透けてる……」

「ああっ、イヤ！　言わないで、そんな恥ずかしい言葉っ」

「だって、他になんて言うのさ？」

「あぁ、ひ、ひどい……」

俊哉がわざと口にした卑語に、詩織は明らかに反応していた。まるで絞りだすように新たな蜜が溢れ、ますますショーツを透けさせていく。柔らかそうな陰唇が開きはじめ、奥に折り畳まれていた肉ビラがゆっくりと顔を出してきた。色素の沈着のない綺麗な桃色をした花弁は、まるで誘うようにヒクヒクと蠢《うごめ》いている。

「脱がすよ」

俊哉の指がショーツにかかっても、詩織は抵抗しなかった。上気した顔をつらそうに机に埋め、その羞恥の瞬間を待っている。

（見られちゃう……俊哉くんに私のアソコ、全部見られちゃう……）

逃げだしたいくらいに恥ずかしいのに、その一方ですべてを見られたいという気持ちが確かに詩織のなかにあった。昨夜も見知らぬ男にオナニーを見られて興奮したが、あのときとはまた違う高まりだった。

（好きな人に見られるのって、こんなにドキドキするんだ……）

スル……。

ついに、ショーツが脱がされた。あまりに愛液が多かったせいで秘所にクロッチが貼りつき、脱がす際に糸を引いてしまう。

「ふうん……詩織のオマ×コって、こうなってたんだ。ピンク色のビラビラがひくひくしてて、すっげえやらしいな。それに、なんだか面白い匂いもする」

「そっ、そんなに近くで見ちゃやだぁ！　に、匂いも嗅がないでッ」

拒絶すればするほど、露出に目覚めてしまった女体は淫らに反応してしまう。それがわかっているからこそ、俊哉もこうしてねちねちと詩織を責めたてるのだ。

もっとも、その俊哉のほうもいよいよ限界が近づいている。俊哉はズボンのチャックから雄々しく隆起した肉棒を取りだし、自分でしごきはじめていた。詩織の愛液に負けないくらい、亀頭は先走り汁で濡れている。

「この奥って、どうなってるのかな?」

左手でペニスをしごきながら右手で詩織のクレヴァスをひろげる。指でVの字をつくるようにしてさらに左右に開かせる。まるで蕾《つぼみ》が花開くかのように処女の肉底が剝きだされ、膣口や尿道口が露わになった。

(ひ、ひろげられてるっ……私のアソコが全部、俊哉くんの目の前に曝《さら》けだされてるッ)

自分でもまともに見たことのない部分を息がかかるほどの至近距離で観察されるというのは、処女の詩織にとって泣きたくなるほどの羞恥だった。しかもこの体勢では女陰どころか、尻の狭間の窄《すぼ》みすら丸見えなのだ。

「イヤあ……おかしくなるぅ……恥ずかしいのに、死ぬほど恥ずかしいのに、アソコが……詩織のオマ×コ、どんどん疼いてきちゃうのお……っ」

ついに、詩織の理性を欲情が上まわった。自ら淫語を口にし、誘うように腰を振る。とろとろと溢れた淫汁が糸を引いて床に落ちていった。

「し、詩織……俺、もう……挿《い》れたい。詩織のなかにぶちこみたい！……」

俊哉もついに限界を迎えた。自らペニスをしごきながら、苦しそうな表情で詩織にのしかかる。熱くたぎった肉棒がぴたぴたと詩織の臀部《でんぶ》や太腿に当たる。

(俊哉くんの、こんなに熱くなってる……)

自分のこんな姿を見て興奮してくれていたことが素直に嬉しい。自分だけでなく、俊哉も同じように感じてくれたことが詩織をより大胆にした。

「い、挿れて……。詩織のいやらしいオマ×コに、俊哉くんのたくましいオチン×ン、奥までちょうだい……」

首を後ろにまわし、潤んだ瞳で俊哉を見る。上半身は制服を着たままというのが、余計に淫靡《いんび》な光景だった。処女が濡れた下半身を突きだしながら、初めての挿入を男にせがむ。まるで夢のようなシチュエーションに俊哉も何度も唾を呑みこんだ。

「詩織……好きだ……」

耳もとで愛の言葉を囁《ささや》きながら、ペニスの先端を膣口にあてがおうとする。が、なかなかその場所がわからない俊哉に、そっと詩織が手を添え、

「こ……ここよ」

消え入りそうな声で、今から自分の純潔を奪う凶器を誘導した。二人の粘膜が触れ

合い、体液が粘着質な水音をたてる。

「し、詩織……っ」

俊哉が一気に腰を沈めた。途中で処女の最後の抵抗にぶつかったが、それも勢いに任せて突破する。大量の体液と充分な愛撫に助けられ、肉棒は根元まで詩織の膣内に収まった。

「ンアアッ！　くっ……んうぅ！」

詩織の形よい唇から初めて苦痛の声がもれた。結合部からはじんわりと破瓜《はか》の血が滲《にじ》みだしている。

「だ、大丈夫か？　抜くか？」

詩織のそんな様子に俊哉が気遣うが、

「ダメ！　抜いちゃ、ダメ！　ちゃんと……ちゃんと最後まで、して……。私のこと本当に好きなら、責任持って、最後まで愛して……っ」

ロストヴァージンの激痛を堪《こら》えながらも、詩織は強い口調でそう言った。ここまで来て中途半端に終わるのは絶対にいやだと思った。

「いいから……大丈夫だから、俊哉くんの好きなように動いて」

「ああ、わかった」

詩織の言葉にうなずくと、俊哉がゆっくりと腰を前後に揺すりはじめた。キツい膣襞が肉棒に絡みつき、まるでしごかれているようだった。

「うっ……うっ、んはっ、はくぅ！」

激痛に脂汗を垂らしながら、それでも詩織は「痛い」とは一言も口にしなかった。そんな詩織の気持ちは俊哉にも伝わってくる。少しでも痛みを和《やわ》らげてあげようと、俊哉は両手を伸ばし、詩織の乳房を優しく揉みはじめた。

「あぁ……あっ、ダメ……おっぱい、そんな……やだ、気持ちイイ……ああン、あっ、はあン！」

制服の上から撫でるように乳房を責められると、詩織は甘い声をあげた。相変わらず下腹部の痛みはあったが、それも少しずつ収まってきている。正常位より挿入しやすいバックからの体位というのも、いくらかは痛みを和らげているようだった。

「詩織の乳首、服の上からでもわかるくらい尖ってきたぞ」

「やだっ……乳首、そんなにいじっちゃダメぇ！」

拒絶する声にも力が入らない。俊哉の愛撫で勃起した乳首がブラジャーにこすれ、痺れるような快感が背筋を駆けあがる。

（そ、それに……なに、これ……アソコの奥が、なんだか変な感じ……）

痛みは確かにあるのだが、それ以外の感覚も生じてきていた。膣粘膜をペニスのカリ首が抉《えぐ》るたびに、初めて感じる快楽が全身を包んでくるのだ。そしてそれは一度意識したことにより、徐々にはっきりとしたかたちを持って襲ってくる。

「あああ、奥が、奥が気持ちイイっ！　初めてなのに、奥が感じちゃうのォ！」

「ここか？　ここが感じるのか、詩織っ」

俊哉がより深く腰を突き、詩織の感じる場所を探る。そこは昼間、レイの操る魔法触手によって散々嬲《なぶ》られ、そして屈辱のアクメを迎えさせられた場所でもあった。

「うあぁ、そこ、そこがイイの！　ひいっ、感じちゃう、そこ、イイのよぉ！」

すでに触手の愛撫によって開発されていたそこは、あのとき以上の悦楽を詩織に与えてくる。

（す、すごい……レイさんのより、ずっと気持ちイイ……ッ）

「くっ……詩織のなか、締まる……っ」

「いいよっ、出して！　俊哉くんの精液、私のなかにちょうだい！　一緒に、一緒にイッて！　アアァ、イキそうなの、私、もうイキそうになってるのお！」

ガクガクと頭を前後に揺らしながら詩織が絶叫した。柔らかくほぐれた膣肉がペニスを奥に引きこむように蠕動《ぜんどう》する。ただでさえ狭い膣道がさらに窄《すぼ》まり、男の子種を搾り取ろうとする。

「で、出るぞ……俺、もう……ぐうッ！」

我慢に我慢を重ねた若い肉棒から、濃厚なスペルマが大量に噴出した。子宮口に浴びせかけるほどのすさまじい勢いで灼熱が数回に分けて射精された。

「出てる、出てるぅ！　ひっ、ひはあぁ……っ」

背骨が折れるかと思うほどに上体をのけ反らし、詩織が射精と同時に達する。

「ハア、ハア……」

荒い息を耳もとに吐きかけながら、俊哉が体重をかけてきた。

「好きだ……俺、やっぱり詩織のことが大好きだよ……」

飾らない言葉と汗の匂いが妙に嬉しくて、詩織の目から涙がこぼれた。

（よかった……この人が初めてで……）

目を閉じても、涙はとまらなかった。

第四幕 結ばれた二人、けれど寂しくて……

1 切ないウソ

「たっだいま～っと！」

「おかえりなさい。……ずいぶんとご機嫌ですね、俊哉さん」

部屋に帰ってきた俊哉を、今日もスゥナが出迎えた。だが、今日はどこかその表情が険しい。不機嫌と言ってもいいような雰囲気をまとっている。

「おう、まあな。……って、お前は不機嫌そうだな、スゥナ」

鞄《かばん》を乱暴に放り投げながら、俊哉がスゥナの顔を見た。

「……誰のせいだと思ってるんですか」

「は？　聞こえない、もう一度言って」

「いいんです、なんでもないですよーだっ」

ツン、とスゥナが拗《す》ねたように横を向く。そんな仕草をすると、可愛らしいコスチュームと相まって、とても同じ年には見えない。

「なあ、スゥナ。……ありがとな」

「……なんですか、いきなり」

「お前のおかげで、俺、詩織に告白できたよ」

俊哉の言葉に、一瞬、スゥナが息を呑む。

「結果は……聞かなくてもわかります。俊哉さんのその浮かれ具合を見てれば」

「?……なんだかトゲがねえか?」

「そ、そんなこと……ないです。二人の仲を取り持つのが私の目的だったんですから、これは喜ばしいことです」

そう言うスゥナだったが、その表情は明らかに曇《くも》っている。もちろんそれに気づかない俊哉ではないが、その原因がわからない。まさかこの魔法少女が自分に恋心を抱きはじめているなどとはまったく思い至らない。

「ってことはさ、これでもう、スゥナの試験は終わりなんだろ? 俺の恋が成就すれば合格なんだよな?」

「え……」

「違うのか？」

「……え、えぇと、その……そうです、このままの俊哉さんと詩織さんが破局することなく、試験期間いっぱいまで持ちこたえてくれれば合格なんです」

「破局とか持ちこたえるとか、なんか縁起悪いなあ」

俊哉が苦笑する。

「しかし、ってことは……ちょうど文化祭の日まで頑張ればいいんだな？」

スゥナの試験期間は一カ月で、計算すると文化祭の日が最終日だった。

「そっか、そんじゃ俺、詩織に嫌われないようにしないとな」

（詩織……か）

これまでの『委員長』という呼び名でなく詩織と呼び捨てにする俊哉に、スゥナの胸がチクリと痛んだ。

（本当に俊哉さん、詩織さんと恋人になっちゃったんだ……）

本来ならばそれは喜ぶべきことなのに、今のスゥナはそれを素直に祝福できないでいる。

（嘘、ついちゃった……）

本当はもう、俊哉と詩織が結ばれて恋人になったその瞬間に、スゥナの最終試験は終了なのだった。試験官であるレイにその旨《むね》を報告すれば、あとは魔法界に戻って合格証書を受け取るだけとなる。きっと今も自分のことを心配してくれている義姉たちを安心させることができるのだ。

(私、どうしちゃったんだろ……。せっかく念願の魔法使いになれるというのに)

理由は自分でもわかっている。

わかっているからこそ、切なかった。

(一緒にいたい……少しでも長く、俊哉さんの側にいたい……)

2 お似合いカップル

「なあなあ俊哉、日曜は委員長とデートに行くのか？　どこ行くんだ？」

文化祭まであと二週間を切った土曜の放課後。額にハチマキを巻いた聡がニヤニヤしながら俊哉に近づいてきた。

「うるさいな。大道具、スケジュールより遅れてるんだろ？　無駄口叩いてねえで、さっさと作業しろよ」

「あ、照れてる照れてるぅ」

今度は久美子も寄ってきて、俊哉の頬をツンツンとつつく。

「久美子も小道具、遅れてんだろ？　あんまり遊んでると、詩織に怒られるぞ」

「うわ、詩織だってぇ。やあん、ラヴラヴぅ」

「……殴るぞ、マジで」

俊哉と詩織が付き合いはじめたという情報は、あっという間にクラス中にひろまった。別に隠すつもりはなかったのでそれはかまわないのだが、ことあるごとにこうしてからかわれるのは正直、食傷気味だった。クラスメイトにからかわれるのはもっぱら俊哉ばかりで、こういうところに日頃のキャラクターが出るらしい。

「おーい俊哉ぁ、そろそろ通し稽古《げいこ》はじめるぞお」

「了解」

今日はこれから、初めて最初から最後までの練習を行なうことになっていた。本番で使う第二体育館の使用許可ももらってある。

「詩織、準備はいいか？」

体育館の隅で台本に目を通していた詩織に声をかける。ひいき目かもしれないが、このわずかな期間で詩織は明らかに美しくなっていた。なによりも、目の輝きが違う。

「私、もう自分を飾るのをやめる。本当の自分を隠したくない」

俊哉にそう言った通り、確かに徐々にではあるが詩織は変わってきた。以前のようなピリピリとしたところがなくなり、雰囲気が柔和《にゅうわ》になったように俊哉には感じられた。自分がそうさせたのだと思うと、俊哉は誇らしい気分になるのだった。

(最初はどうなるかと思ったけど、堂々と演技してるもんな、詩織)

あれほど抵抗を見せていた演技も、今のところはまったく問題はなかった。セリフは完璧に覚えているし、なによりも堂々とした演技が光っていた。舞踏会でのダンスも華麗で、むしろ王子役の俊哉のほうが詩織についていくのが精いっぱいなほどだった。

「私、人に見られるのが好きみたいだから」

詩織はそう言って笑った。自分のなかの性癖を認め、そしてそれを恋人に受け入れてもらえたことが詩織に大きな自信を与えているようだった。演技だけでなく、普段の態度にも、その自信が表われてきていた。

「なんだか最近、委員長が可愛いよなあ」

「前みたいに取っつきにくいところがなくなってきた感じだな」

そんな男子生徒の声が聞こえてくるたびに、「へへ、いいだろう」と優越感に浸る俊哉であった。同性の嫉妬《しっと》はなかなか気持ちのいいものだ。

「あ、そーだ。……詩織、ちょっとこっちへ」

「え？　でも、これから通し稽古《げいこ》が……」

「いいからいいから。すぐにすむよ」

詩織の手を引っ張り、外へ連れだす。

土曜日ということもあり、学内にはあまり人影がない。階段裏の物陰にやってくると、

「ここでいいか。……詩織、下着脱いで」

「な、なに言ってるのよ……冗談はよして。エッチなら、稽古終わった後でいくらでもしていいから」

あの初体験からほぼ毎日、二人は体を重ね合っていた。

「だめ。エッチしたいんじゃなくて、詩織に気持ちよくなってもらいたいんだ」

「で、でも……」

「大丈夫、下着脱ぐだけで、あとはなんにもしないからさ」

「…………」

さすがに校内でそんな行為をすることに詩織は迷いを見せている。だが、本気でい

やがっていないことは明白だった。

「ほら、早く。稽古、はじまっちゃうぜ?」

俊哉がさらに押す。

「う……うん」

逆らっても無駄と悟ったのか、詩織は制服のなかに手を差し入れ、ブラジャーを脱ぎはじめた。器用に肩ひもをはずし、袖から純白のブラジャーを取りだす。それを引ったくるようにして奪うと、

「下も脱いで」

「ダメ、下は……見えちゃうよ。だってこの後、ダンスシーンもあるんだよ!?」

詩織のスカートは他の女生徒に比べれば長めの丈だったが、それでもかなり短い。少し派手に動けば、角度によってはノーパンであることがバレないとも限らない。

「大丈夫だよ、踊るときは俺がフォローしてやるから」

有無を言わさぬ口調で手を差しだす。

「もう……知らないっ」

羞恥に耳まで真っ赤に染めながら、それでも言われた通りにショーツを脱いで俊哉に渡す。

「温かいな、詩織のパンティー」

「バカっ！　い、行くわよっ」

「へいへい」

「返事は『はい』、それに一回っ」

照れ隠しに俊哉を叱りつけてから、詩織は身を翻《ひるがえ》して教室へ向かう。

「はーい」

笑いを噛み殺しながら、俊哉は詩織の後を追った。スカートのなかが気になるのか、妙に内股なのが可愛いと思った。


「お義姉様、私も舞踏会に連れていってはくれませんか」

「まあ、なにを言ってるの、シンデレラ！　お城はあなたのようなみすぼらしい女の行くようなところじゃないのよっ」

「あなたはおとなしく家の掃除でもしてなさい。……ああ、愛《いと》しの王子様、今行きますわ」

稽古《けいこ》のはじめこそ下着を着けてないせいでぎこちなかった詩織も、中盤あたりではいつものようにノリノリのシンデレラを演じていた。下着を着けないままクラスメイトの視線に晒されるという状況に、むしろいつも以上に興奮して、熱演している。

(あーあー、あんなに顔を火照《ほて》らしちゃって……。本当に好きなんだなあ、こういうの)

『シンデレラ』では、実は王子の出番というのはあまりない。特に序盤は全然することがないため、俊哉はゆっくりと詩織の様子を観察することができた。

詩織が自分を露出狂の変態だと告白してきたときは確かに驚いたが、だからといって詩織への想いが変わることはなかった。むしろ、自分にだけそんなことを教えてくれたということが嬉しかったのだ。

(それもこれも、スゥナとレイさんのおかげ……なのかな)

気がかりなのはスゥナのことだった。詩織と結ばれたあの日以降、スゥナの様子がおかしい。なにかもの言いたげな顔で俊哉を見ていることがあるのだが、直接尋ねても「なんでもないです」としか答えない。レイにも相談してみたが、

「スゥナがそう言ってるなら、本当になんでもないんでしょ」

と、素っ気ない。スゥナがこうなった理由を知っているようなのだが、レイはなにも教えてはくれなかった。ただ、

「これぱっかりは、どうしようもないからね……」

と、ため息まじりに呟いていたことがあった。

(俺と詩織の恩人だから、できることなら協力してあげたいんだけどなあ)

自分が原因だとはつゆ知らず、そんなふうに思う俊哉だった。

「おい王子様、そろそろ出番だぞ」

お城の騎士役の男子生徒が声をかけてきた。

「お？　おう、もうそんな場面か」

舞台を見ると、そろそろ詩織演じるシンデレラとのダンスシーンがはじまるところだった。役者も大道具も衣装も、ここが一番の見せ場のシーンである。そして、一番難しいシーンもここだった。

舞踏会シーンでは四組八人が同時に踊るのだが、なにしろ舞台である第二体育館は狭い。しかもダンスなんて未経験の高校生ばかりなのだから、自然、他の組とぶつかったり足を踏んだり踏まれたりというアクシデントが続出する。練習では何度か転倒するシーンもあった。

(今日は絶対にミスれないぞ)

なにしろ詩織のスカートの下はなにも着けてないのだ。羞恥に頰を赤らめる詩織を見るのは楽しいが、自分以外の人間に恋人の恥ずかしい姿を見せる気は毛頭ない。

大きく息を吸ってから、俊哉は舞台に足を踏みだした。

「委員長に波留くん、悪いけどあとはよろしくねー。お先ー」

「じゃなー」「お疲れ様ー」

陽も落ちてすっかり窓の外が暗くなった頃になると、教室に残っているのは俊哉と詩織の二人だけとなった。今日はあらかじめ延長届けを提出してあるため、普段よりも一時間遅くまで校内に残れることになっていた。他のクラスは通常通りの下校時刻のため、校内に残っている生徒は、おそらく俊哉と詩織の二人だけと思われた。

この後は第二体育館の鍵を持って職員室に行き、宿直の教師に帰る旨《むね》を伝えれば終わりだった。

「ようやく二人きりになったな、詩織。そろそろ限界だったんだろ？　さっきから太腿をこすり合わせてたもんな」

「だってぇ……クラスのみんなが見てる前で、あんなことさせられたらこうなっちゃうよお……」

普段の詩織なら絶対に出さないような甘えた声で言いわけしながら、そっと俊哉に身を寄せる。

　ダンスシーンの練習は合計一時間にも及び、その間ずっと、詩織はスカートの裾を気にしながら踊りつづけることになった。舞踏会のシーンなのでそれほど激しいダンスはないのだが、それでも時折りスカートが翻《ひるがえ》ることもあって、そのたびに詩織は顔を真っ赤にして羞恥に身体を震わせたのだ。

「でも、ホントは感じてたんだろ？　あんなに赤面してたら、もしかしたら誰かに感づかれたかもしんないよなー」

「う、嘘……そんな……」

　俊哉の言葉に詩織の表情が強張《こわば》る。

「嘘。大丈夫だよ、誰も気づいてないって。詩織がノーパンで踊ってただなんて」

「やだ……俊哉くんの、意地悪……」

　可愛らしく唇を突きだしながら、俊哉に腕を絡ませる。二の腕に胸を押しつけ、耳もとで「ね……お願い……」悩ましげな声で囁《ささや》く。

「お願いって、なにを？」

「わかってるくせに……。だって、ずっと我慢してたのよ？　みんな帰って二人きりになるの、どれだけ待ったと思ってるのっ？」

　焦《じ》れた詩織は俊哉の首に手を巻きつけ、唇を重ねた。舌を伸ばし、意地悪な恋人の口腔内に侵入する。

（もうっ、私がどうしてほしいか知ってるくせに！）

抗議と催促を兼ねて、激しく舌を動かす。露出ダンスで火照《ほて》った肉体は、キスだけでイキそうなほどに高まっている。無意識に腰がうねり、悩ましげにスカートの裾が揺れる。

「んあぁぁ！」

いきなり、なにも着けてない秘所に指が這わされた。あと少しで垂れ落ちそうになっていた愛液をかき分け、物欲しげにヒクつく膣穴をいじられる。

（や……い、いい、そこ……もっといじって……ッ）

再び唇を押しつけながら、待ちに待った感触を堪能する。

（あ……は、はいって、くる……指、私の奥にぃ！……）

大量の淫蜜を吐きだす小さな蕾《つぼみ》に、俊哉の指がぬちゅぬちゅといやらしい音をたてながら潜ってきた。

「うわ、詩織のオマ×コ、すっげえ熱い！　指、溶けちゃいそうだ」

「やだぁ、恥ずかしいよ……あっ、ダメ、二本も挿《い》れないで……ああっ、ひろがっちゃう、詩織のアソコ、ひろがっちゃふうぅ！」

人差し指と中指が根元まで挿入された。ピクピクとうねる膣壁の感触を味わってから、指が動きだす。

膣のなかで指を交互に折り曲げ、ちょうど陰核の裏側の粘膜を引っかかれる。指がカギ状に曲げられるたびに、白い本気汁が外へと掻きだされた。

「うああッ、ダメ、そこ、感じすぎちゃうからダメー！　お、お願い、許して、そこは……ああ、出る、オシッコ漏れちゃう……ッ！」

プシュッ……。

俊哉の手や腕に、透明な液体が浴びせかけられた。尿道口と膣穴から、まるで間欠泉のように潮が噴きだしたのだ。

「ひああっ、出る、いっぱい出ちゃふ！　イヤアァ、とまらない、オシッコ、まだ出てきちゃうよおお！」

潮噴きと失禁を勘違いした詩織が、あまりの恥ずかしさに顔を覆いながら泣きだしてしまった。それでもなお、俊哉はGスポットを抉《えぐ》る指をとめない。

「イヤイヤ、なんで、なんで終わらないのぉ!?　詩織のオシッコ、全然、とまらない……うああ、ダメ、イッちゃう……オシッコしながらまたイッちゃ……アアアア!!」

ひときわ大きな潮を噴きあげ、詩織が達する。足もとにはまるでお漏らしをしたような水溜まりができていた。

「へえ……試しにやってみたんだけど、女ってホントに潮噴くんだなあ……」

自分でやったこととはいえ、俊哉も驚いているようだった。本やアダルトビデオなどで知識としては知っていたが、まさか初めてでここまで噴かせることができるとは思っていなかったのだ。

「潮?……これ、オシッコじゃ、ない、の?……」

汗と涙でくしゃくしゃになった顔の詩織が、掠《かす》れた声で尋ねる。初めてのGスポット体験に、まだ意識が混濁していた。

(そっか、オシッコ漏らしたわけじゃなかったんだ。よかった……って)

あらためて自分の足もとを見る。想像以上の惨状だった。

(全然よくない……。やだ、これ全部、私が?……)

もしかしたら、普通にお漏らしするよりも濡らしているかもしれない。それほどの水量だった。

「潮噴きって、個人差があるらしいんだよね。全然噴かない人もいるし、ちょっとするだけでいっぱい噴く人もいるみたい。詩織は後者だな、間違いなく」

びしょ濡れになった手を詩織に見せつけながら俊哉がもっともらしく説明をする。

詩織が恥ずかしがるのを楽しんでいる顔だ。

「……ずいぶん詳しそうだけど、何人の女の子にこんなことしたのかしら？」

悔しいからちょっとだけ反撃してやる。俊哉が自分以外に女性経験がないことを知ったうえでのささやかな反抗だった。

「なっ……そ、そんなの、今時ネットで検索すればすぐにわかることだろっ？　お、俺、こんなことしたの、詩織しかいないぞ！」

浮気を疑われているとでも思ったのか、本気で言いわけをしてくる。そんなところも、詩織は大好きだった。

自分を大切にしてくれるのがわかっているからこそ、どんな恥ずかしいことにも身を任せる気になれるのだ。

「ねえ……そろそろ私、俊哉くんのが欲しいの。指だけじゃ、やっぱりやだよ」

「なんだ、委員長様は男のチ×ポをおねだりかい？」

「そうなのぉ……詩織、俊哉くんのオチン×ンが欲しいのぉ」

そんなからかいにも動じず、詩織は俊哉のズボンを脱がしはじめた。ショーツを脱がされてから早数時間、もう我慢も限界だった。指でイカされたことで、本格的に身体に火が点いてしまったのだ。

「あ、ちょ、ちょっと待った。俺、脱がすのはいいけど、脱がされるのはだめな人なのっ」

トランクスまで脱がされた俊哉が、逃げるようにして立ちあがる。隆々と反りかえったペニスを丸出しにしたまま、なんとか詩織から逃れると、

「詩織、ちょっとこっちに来て。せっかくだから、詩織の悦びそうなこと、してあげるよ」

「や、やだ……怖いよ、俊哉くん」

黒板の前に置いてある教壇《きょうだん》にあお向けに寝かされた詩織が、脅えた声を出す。高さは一メートルちょっとだが、幅がないためかなりの恐怖感がある。

俊哉は脅えて動けない詩織のブラウスを脱がし、ブラジャーもはずしてしまった。

「やだ、こんな明るいところで……恥ずかしい……っ」

詩織の乳房が露わになる。サイズはスゥナよりも控えめだが、それでも充分なボリュームがある。むしろ、手のひらで包むのにちょうどいいサイズなのが俊哉の好みだった。

「ああん……そ、そんなにじろじろ見ちゃやだよ……」

詩織は手で隠そうとするが、すぐに制されてしまう。

「なんだよ、ホントは見てもらいたいんだろ？」

「ああ……恥ずかしい……」

観念したように目を瞑《つむ》り、恋人の視線に乳房を曝《さら》けだす。しかし、乳房の頂点にある突起はぷくりと尖り、その周囲の淡い色をした乳輪もわずかではあったがふくらんでいた。俊哉に見られることで、明らかに反応している乳房だった。

「ん……ん、ふぅ……」

まだ若干《じやつかん》芯の硬い乳房をほぐすように揉まれた。五本の指を軽くめりこませ、マッサージをするように丹念に愛撫される。

（これ、気持ちイイ……おっぱいがくにゃくにゃにとろけるみたい……）

自分で揉んだときとは比較にならないほどの心地よさが全身にひろがっていく。時折り乳首を指でつままれるのも、たまらなく気持ちいい。

「はあん……感じちゃう……おっぱい、すごくイイよぉ。……あ、やあン、乳首……乳首が吸われてるぅ！　アッアッ、ダメ、そんなに強く吸ったら……ンンン、ダメ、乳首、おかしくなるぅ！」

散々乳房を揉まれた後で乳首を吸われると、もうそれだけでイキそうになった。温かい舌で乳頭をつつかれると、全身から力が抜けてしまうほどの快感があった。

（やだっ、私の身体、どんどん敏感に……エッチになってる！……）

先ほどあれだけの量の潮を噴いたにもかかわらず、また股間が疼きはじめていた。中途半端にイカされたせいで余計に物足りないのだ。

しかしそれは俊哉も同様らしく、

「挿《い》れるよ」

余裕のない表情で詩織に覆いかぶさってきた。やや乱暴に脚を開かせ、愛液と潮でべちょべちょになった秘裂に亀頭を挿入してくる。

「ふううぅッ！　は、入ってる……俊哉くんの、奥まで届いてるよお！……」

イッた直後のせいか、拍子抜けするほど簡単に肉棒が膣内に収まった。しかし一度男の快感を知った膣襞は貪欲にペニスに吸いつき、精液をねだるように淫靡《いんび》に蠕動《ぜんどう》を繰りかえす。膣粘膜からは新たな秘蜜が染みだし、俊哉の分身を濡らしていった。

俊哉のピストン運動がはじまると、待ちこがれた甘美な悦楽と同時に、教壇《きょうだん》からずり落ちそうな恐怖が襲ってきた。詩織が落ちないよう、しっかり俊哉が抱きしめてくれているのだが、それでも本能的な恐怖は拭《ぬぐ》えない。

（イキそうなのに……あとちょっとでイケそうなのに……っ）

必死に俊哉にしがみつき、なんとか性の悦びに浸ろうとするのだが、あと一歩のところで恐怖が邪魔をする。

「……イケない？」

俊哉もそれに気づき、腰をとめて詩織を見た。

「ご、ごめんなさい……」

「そっか……んじゃ、こういうのはどうだ？　いいか、手、離すなよ？」

「え？……きゃあああぁ！」

俊哉は詩織の脚を肩に乗せると、そのまま教壇《きょうだん》から詩織を持ちあげた。いわゆる駅弁スタイルだった。詩織は落ちる恐怖から逃れようと必死に俊哉の首にしがみついた。

「おおっ、これ、なかなかバランスとるの難しいな」

「怖いよ……やだ、落ちちゃうっ」

「大丈夫だって。詩織が手を離さなければ落ちないよ」

「で、でも……ひゃあああっ！　ひっ、はひぃ!!」

詩織を抱きかかえたまま俊哉が教室を歩きはじめた。ただでさえ深く挿入できる体位に加え、歩くたびにかなりの振動が蜜壺に伝わってきた。亀頭の先端が時折り子宮口にまで達し、その都度、詩織は頭を後方にのけ反らして呻《うめ》いた。

「深ひっ、これ、深すぎふっ！　らめっ、おろして、ああ、また、奥に届いちゃってるのお！　ああ、はああぁーッ！」

　落ちるという恐怖を遙《はる》かに上まわる快感に、徐々に詩織の声が甲高くなっていく。

そこへ追い打ちをかけるように、俊哉が耳もとでこう囁《ささや》いた。

「想像してみろよ。お前は今、クラスメイトが使っている教室を歩きながら、こんな格好でセックスをしているんだぞ？　毎日座っている席の間を、オマ×コにチ×ポ突っこまれてよがりながら歩いているんだ」

「ひいぃ！　イヤ、許して！　こ、こんなの……こんなのダメェ!!」

　詩織は想像してしまったのだ。

　今、この教室にクラスメイトたちがひしめいている光景を。数十人の同級生たちが自分のあられのない姿を視姦している情景を。

「見ないでっ、お願いよ、詩織のこんな姿、見ないでえッ！　抱きかかえられたままオマ×コ犯されてるところ、みんな見ないでえ！　アア、飛んじゃう、私、どっかに飛んでっちゃううぅ!!」

　クラスメイトのありもしない視線を感じ、詩織は狂乱した。媚肉はこれ以上ないほどにペニスを締めつけ、失禁と見まごうばかりの愛液を吐きだす。

　唇の両端からどろりと唾液を垂れ流し被虐の悦びに打ち震える詩織に、普段の面影は欠片《かけら》も残っていなかった。

「見ろよ、聡も久美子も、呆れた顔で詩織を見てるぜ？　へへ、クラス中の男子が、お前のびちょ濡れマ×コを見つめてやがる」

ゆっくり歩きながら、俊哉がそんなことを囁《ささや》いてくる。一歩進むたびに、その席の同級生の名を挙げ、詩織を恥辱の泥沼に引きずりこんでいく。

「ヒイッ、ヒッ、ンヒイイィ！　らめぇ……あたひ、もう死んじゃふ……ああ、イク……またイク……ゥ……ッ！」

数歩進むと、イク。また数歩で、再びイク。

それを繰りかえしているうちに、ようやく元の教壇《きょうだん》へと戻ってきた。たび重なるアクメに、詩織はぐったりとしている。今は俊哉にしがみついているだけで精いっぱいだった。

（何回イッたの……）

ぼんやりとした頭で考える。だがその思考は、またも俊哉によって遮られた。

一度教壇におろされた詩織の身体をうつ伏せにすると、初体験のときと同じようにバックから貫かれた。

「ングウウゥッ！　ああ、あはぁン！」

違うのは、両腕をつかまれたまま挿入されていることだった。背後から腕を引っ張られると上体が教壇から浮きあがり、乳房が露わとなる。

「どうだ、クラス全員に胸を見られてるぜ？　プルプル揺れるおっぱいも、その先で破裂しそうに勃起した乳首も、全部見られる気持ちはどうだ？」

いつもはクラス委員として級友たちに向かい合う場所での行為に、詩織は泣きながら許しを乞うた。

「お願い、こんなのダメっ！　みんなに……クラスのみんなに見られちゃうよお！　詩織がおっぱい丸出しにしながらオマ×コしてるの、全部見られちゃうぅ！　ああ、死にたいっ……こんなの……ああ、ひどい、ひどすぎる……っ」

泣き喚く詩織を突く俊哉の息も荒くなってきた。女陰のなかで亀頭がひとまわり大きくなる。射精が近づいていた。

「イクぞ、詩織！　お前のなかに、思いきりぶちまけるぞ！」

「アアァッ、ダメ、イッちゃう！　詩織、みんなの前でイッちゃふぅ！」

「いいぞ、イケ！　好きなだけイッちまえ！」

「イク、イクイクっ！　イッ、イイイイィーッ!!」

胎内に熱い放出を感じると同時に、詩織は獣のような悲鳴とともに最後の瞬間を迎えてしまうのだった。

3 やっぱり好きです

文化祭の前日、最後の通し稽古《げいこ》、いわゆるゲネプロがクラスメイトの見守るなか、無事に終了した。スケジュールの遅れが心配された大道具も無事に完成し、本番とまったく同じ条件で劇が最初から最後まで行なわれた。

「ふう……多少変更するところはあるけど、大筋では問題ないな」

「そうね。あとは明日、緊張しすぎないようにすれば」

王子とシンデレラの衣装を着たままの俊哉と詩織がうなずき合う。この衣装も昨日完成したばかりだった。まるでウェディングドレスを彷彿《ほうふつ》とさせるような純白の衣装、小道具担当の生徒が徹夜して仕あげたという豪奢《ごうしゃ》なティアラ、そしてうっすらと化粧をした詩織は男女を問わず視線を集めてしまう。きらびやかな衣装に負けないくらい、シンデレラである詩織は光り輝いていた。

「委員長ってスタイルいいんだねー」

「こういうドレス、ホントに似合うなあ」

シンデレラの衣装をまとった詩織を、女生徒たちがきゃいきゃい騒ぎながら取り囲んでいる。以前はこういった光景は珍しかったが、最近はクラスメイトと話す詩織をよく見ることができた。俊哉と付き合うようになって取っつきやすくなったと評判だった。そもそも、こっちの詩織のほうが本来の姿なのだ。

（いいな、あの衣装……。それに比べて私は……）

クラスメイトに囲まれた詩織を少し離れた位置から眺めていたスゥナが、小さくため息をつく。スゥナはシンデレラを助ける魔法使いの役だった。いかにもという黒い帽子と床に垂れるほどの長いマントはシンデレラとはあまりに違いすぎて悲しくなる。

（確かに詩織さんをシンデレラに推薦したのも自分だし、魔法使いに立候補したのも自分だけど……）

まるで今の自分と詩織の差を暗示しているようで、スゥナは居たたまれなくなった。

本番を明日に控え盛りあがっているクラスメイトたちを尻目に、スゥナはそっと教室を出た。校舎を出て、裏庭の花壇の前にしゃがみこむ。この学校には園芸部の類《たぐい》はないのだが、誰かが手入れをしているのだろう、さまざまな花が綺麗に並んでいた。あまり人も来ないこの場所が、最近のスゥナのお気に入りだった。ここでなら、いくら泣いても誰にも見られない。

「はあ……」

またため息が出た。元の世界にいた頃は、試験に失敗してもこんなに落ちこむことはなかったような気がする。このまま帰れば念願の魔法使いになれるというのに、その喜びよりも俊哉と離ればなれになる寂しさのほうがずっと大きい。

「会いたいな……」

俊哉に会いたい。二人きりで会いたい。もし許されるのなら、このままこの世界に留まりたい。

「どうかしたのか？　最近のスゥナ、元気ないぞ。……ほれ、おごりだ」

「えっ……」

紙パックのイチゴミルクを差しだしてきたのは、会いたいと願っていた俊哉その人だった。王子の衣装ではなく、いつもの制服姿に戻っていた。

「スゥナもこっちに来てほぼ一カ月だもんな。やっぱりホームシックになるか」

「え？」

「だって今言ってたじゃないか、『会いたい』って。家族とか友達とか、それとも恋人とかに会いたいんだろ？」

「ち、違いますっ。わ、わた、そんな、あの……」

「なにパニックになってんだ」

自分はコーヒー牛乳をストローで啜《すす》りながら、俊哉が笑う。

「わ、私……恋人なんていませんっ」

「ああ、そっちはあんまり男がいないんだったたっけな。じゃ、誰に会いたいの？」

「そ、それは……」

目の前にいる、あなたです。

そう言えたらどんなに楽だろう。しかし、それは決して口にしてはならない言葉だった。試験のこともあるが、なによりせっかくうまくいっている俊哉と詩織の仲を乱すことになる。いろいろと自分のために尽くしてくれたレイを裏切ることにもなる。

スゥナは唇をぐっと噛みしめ、言いかけた言葉を呑みこんだ。

「はい、お義姉ちゃんたちに会いたいな、なんて思ってました」

「そっか。……でも、俺はもう少しスゥナとも一緒にいたかったな」

「っ！」

俊哉は特に深い意味で言ったのではないだろうが、この言葉はスゥナの決心を揺り動かすには充分な重みを持っていた。

（ダメ……私、もうダメ……）

涙で視界が滲《にじ》みはじめた。花壇も俊哉の顔も、全部がゆらゆらと揺れている。

「ごめんなさいっ」

「あ、スゥナ!?」

呼びとめる俊哉を振りきり、スゥナは逃げるように駆けだしていた。

(私……やっぱり好き……俊哉さんが好き……っ)

第五幕 お別れの初体験、思い出をください

1 文化祭当日

文化祭当日はこれ以上ない秋晴れとなり、来場者も生徒会の予想を上まわる大入りとなった。

劇『シンデレラ』は午前と午後の二回公演で、すでに午前の部は無事に終了していた。さすがに本番ではみな緊張していたのか、若干《じゃっかん》のミスはあったが、おおむね成功と言える出来だった。特にシンデレラ役の詩織は稽古《けいこ》以上の熱演を見せ、満員の観客からは賞賛の声があちこちから聞こえてくるほどだった。

「詩織は本当に人に見られるの好きだよなあ」

「やだ、変なこと言わないでよ、もう」

他のクラスがやっている模擬店《もぎてん》で買ってきた焼きそばを食べながら、俊哉が詩織をからかう。もちろん、まわりに誰もいないことをわかったうえでの軽口だ。

校内には部外者、つまり、生徒以外立ち入り禁止のエリアがあり、二人はそこで少し遅めの昼食をとっていた。普段なら生徒も多い場所だったが、今日は出し物で忙しいのだろう、今は俊哉と詩織以外の人影は見当たらなかった。

「詩織ってさ、昔からクラス委員とかやらされてきたんだろ？　で、いやだと思いつつもやってきた、と」

「ええ。……前にも言ったかもしれないけど、私とお母さん、血が繋がってないの」

「ああ、一度聞いた。でも、優しそうな人だったぞ、詩織のお母さん」

付き合いはじめてから一度、俊哉は詩織の家を訪れていた。

「そう、あなたと付き合いはじめたから、詩織は変わったのね。ありがとう、俊哉くん」

詩織の母はそんなことを言っていた。内心ビクビクしながら訪問した俊哉も、この言葉ですっと気持ちが楽になったのだ。

「いい人だからこそ、私はお母さんに喜んでもらいたかったの。誰が見てもいい子だねって言われるような、そんな娘になりたかったのよ。だから私、勉強もしたし、クラス委員とかも積極的に引き受けるようにしてたの」

「でもさ、それだけじゃないだろ？　心のどこかでは、クラスのみんなの前に立って注目を浴びるのが好きだったんじゃないか？　あ、もちろん勝手な推測だけど。……怒った？」

「ううん、怒ってないわ。……そうね、言われてみれば、そういう面もあったのかも。……筋金入りの変態ね、私って」

そう言う詩織だったが、顔は笑っている。自分のすべてを知っても、それでも受けとめてくれる俊哉の存在が詩織に心の余裕を与えていた。最近は母親とも、自然体で接することができるようになった。

「午後の部な、さっきよりもさらにお客さん増えるらしいぜ。なんか口コミで評判がひろがっているらしくって」

おそらく立ち見でも見られない観客が出るのでは、と受付担当のクラスメイトが言っていたのだ。

「こんなことなら、もっと広い第一体育館でやりたかったね」

「そのほうがいっぱい見られるし、な？」

「バカ。俊哉くん、だんだんエッチになってきたよ？」

「恋人がエッチだと似てくるんだよ」

「……バカ」

上目遣いに俊哉を軽く睨んでから、愛《いと》しい恋人の頰にキスをする。

「そろそろ準備しないとね」

「そうだな。歯も磨かないと、青のりくっつけたシンデレラと王子になっちまう」

二人はくすくすと笑うと、ゆっくりと立ちあがった。

最後の幕があがる時刻まで、あと一時間を切っていた。


俊哉と詩織がそんな会話をしていたのとほぼ同時刻。

「舞台が終わったら、そのまま帰りましょう」

「か、帰るってお姉様……」

俊哉たちと同じように昼食をとっていたスゥナが、驚いた顔でレイの整った顔を見た。

「あなたがここに……俊哉くんの側に少しでも長くいたいという気持ちはわかっているわ。でも、試験期間は今日までよ。あなただってわかっているのでしょう?」

レイがスゥナを抱き寄せる。子供をあやすように髪を優しく撫でながら、スゥナの返答を待つ。

「お姉様……」

「ほらほら、まだ最後の舞台があるのでしょう？　泣いたらダメよ、可愛い魔法使いさん」

「はい……」

レイに涙を拭《ぬぐ》ってもらいながら、スゥナはなんとか笑うことができた。

（そうだ、最後は……最後は笑顔でお別れしよう）


二回目の公演は、ぎっしりと埋まった観客の前で行なわれていた。受付担当の推測通り、立ち見どころか、第二体育館に入れない客も多いようだった。

「ああ、お姉様たちは今頃お城で踊っているのでしょう。なのに私は、こんなみすぼらしい服でお部屋のお掃除……」

即席の、けれど大道具係の努力が光る舞台では詩織が熱の入った演技を見せている。詩織に引っ張られるように、他の役者たちも稽古《けいこ》以上の力を発揮していた。二度目の本番ということもあり、初演よりもずっとスムーズに劇は流れていった。

（そろそろ私の出番……。そして、これが俊哉さんたちとのお別れ……）

シンデレラに美しいドレスとかぼちゃの馬車を与えれば、魔法使いはもうお役ご免。まさに自分と詩織の立場そのままの配役だと、スゥナは自嘲気味に思った。

詩織と俊哉を結びつけたのだから、もう魔法使いであるスゥナは用なしなのだ。

『シンデレラ』ではこの後、魔法使いの出番はなくなる。

（ううん、ダメ。最後までちゃんとしなきゃ）

暗くなりそうになるのを無理やり追い払い、最後の出番に備える。魔法使い役のスゥナが呪文を唱えた瞬間、詩織を黒子が布で覆い隠し、大急ぎで着替えることになっていた。それから大道具係がかぼちゃの馬車を舞台袖から引っ張ってくるのだ。

（よし、行こう）

最後は、笑顔で。

スゥナは三角帽をかぶり直し、舞台へと踏みだした。赤くなった目を隠すため、いつもよりも深くかぶるのは許してほしいと思った。

「これこれシンデレラ、なにをそんなに悲しんでいるのかい？」

「ああ、魔法使いのおばあさん。実はお城の舞踏会に行きたいのですが、私はドレスを持っていないのです」

詩織がよく響く声でセリフを言う。

「そう。ならば、これでどうじゃ？」

スゥナが杖を振り、適当な呪文を唱える。ボン、と申しわけ程度の煙幕（中身はチョークの粉だ）が立ち、黒子に扮《ふん》した女生徒が数人、詩織を取り囲む。観客席から見えないように黒い布でまわりを包み、大急ぎで白いドレスに着替えるのだ。

（一度でいいから、私もあのドレス着たかったな）

三十秒ほどで着替えが終わり、黒子たちが舞台から去る。光り輝くティアラをかぶり純白のドレスとガラスの靴に身を包んだ美しいシンデレラに、観客席から歓声があがった。同性のスゥナから見てもため息がもれるほど、詩織は美しかった。

「どうじゃ、シンデレラ。これなら王子とも踊れるじゃろう？」

「でも、今からではとても舞踏会には間に合いません」

「ならば、これを使うがいい」

再び小道具の杖を振り、呪文を唱える。それを合図にかぼちゃの馬車が男子生徒扮する馬に引かれて登場するはずだ。

（あ、あれ？　今、私……）

他のことに気をとられていたせいか、いつものクセで本当に魔法の呪文を唱えてしまったことに気づく。ただ呪文だけで念はこめていないので、まともに魔法が発動す

ると は思えない。

（だ、大丈夫……だよね？）

恐るおそる観客席を見渡すが、特に変わった様子はない。

（よかった、不発だったみたい……）

安堵《あんど》したその瞬間、舞台を照らしていた二つの照明がいきなり消えた。

「な、なんだなんだ、停電か？」

「BGM用のラジカセは動いてるぜ？」

「おい、照明係、なにしてんだっ⁉」

舞台の袖は急にあわただしくなった。観客は演出と思っているのか、特にざわつくこともなかった。しかし、それも長くはつづかないはずだ。

（どうしよう、私だ……。私の魔法のせいだ……）

一度放出した魔法を吸収すれば元に戻るはずだが、パニックに陥ったスゥナはなかなか集中できない。

（最後の最後に私、なんてことを！……）

「スゥナ、大丈夫かっ？」

舞台の袖から心配そうな顔をした俊哉が声をかけてきた。

「と、俊哉さぁん……私、私……っ」

俊哉の顔を見た瞬間、スゥナの涙腺《るいせん》がついに決壊した。ポロポロと大粒の涙が頬を伝い落ちていく。

「大丈夫だ、落ち着けって。スゥナならなんとかなるんだろう？」

俊哉は観客から見えないようそっと手を伸ばし、スゥナの手を握った。温かいその感触に、ちょっとだけパニックが収まる。

「お前は立派な魔法使いだ。落ちこぼれなんかじゃない」

「で、でも……」

「俺を信じろ。それとも、俺のことが信じられないかっ？」

痛いほど強く手を握られた。次第に、あれほど混乱していたのが嘘のように心が落ち着いてくる。

大丈夫です。

そんなふうに俊哉の手を握りかえすと、スゥナは一歩踏みだした。

「おかしいのぉ、わしの魔法にもボケが来たかのお。……ええい、もう一度じゃ」

おどけた口調のアドリブを挟んでから、短い呪文を唱える。身体中の魔力が一点に集中するのがはっきりと感じられる。

パッ！

照明とは別の光が舞台を照らしだす。スゥナの生みだした魔法の光だった。

「おおー」

「すごぉい！」

これも演出だと思っている観客席からは拍手も湧きあがった。

「うぬぬ？　おかしいのぉ、馬車が出てこんぞ？　仕方ない、今一度じゃ！」

魔法の光が音もなく消え、代わりに照明が復活する。それを見て、あわててかぼちゃの馬車が舞台へと現われた。

「まあ、素敵な馬車」

なにごともなかったように詩織がセリフをつづけると、舞台はスムーズに元通りに再開された。舞台袖の俊哉もほっとした顔をしているのが見える。

（ありがとう、俊哉さん。私、またあなたに助けられました）

心のなかで礼を述べてから、スゥナも最後のセリフに入る。

「これなら間に合うじゃろう、シンデレラ。さあ、急いでお城へ向かいなさい。王子様が……王子様が待っている」

「ありがとう、魔法使いのおばあさん。このご恩は決して忘れません」

「だがな、シンデレラ。十二時になる前には帰ってくるのじゃよ。日付が変われば魔法はすべて解けてしまうのだから。いいね？」

「はい、わかりました」

ガラスの靴を履いたシンデレラを乗せ、かぼちゃの馬車が再び舞台袖へと消えていく。照明も消され、この後は華やかな舞踏会へと変わるのだ。

そして、これでスゥナの出番もすべて終わりだった。

2 もう一人のシンデレラ

シンデレラにかけられた魔法は十二時で解けてしまう。それでもお城で夢のようなひとときを過ごせたのだから、もしも王子様に追いかけてもらえなくても、きっとシンデレラは満足だったはずだ。

スゥナはそう思おうとした。

そうでなければ、あまりに寂しい。

この一カ月間はまるで夢のような時間だった。けれど、夢はいつか覚めてしまう。

魔法が解けたシンデレラがみすぼらしい格好に戻ったように、スゥナにもいつもの日常が戻ってくるのだ。

シンデレラはガラスの靴を置き忘れたことで、王子様のほうから自分を探しに来てくれた。夢から覚めたのに、現実世界でも夢のつづきが見られたシンデレラが心の底から羨ましい。

(私もガラスの靴、欲しかったな……)

今頃、本当のシンデレラと王子様は教室でクラスメイトと簡単な後片づけを兼ねた打ちあげをしているはずだった。

笑顔で別れの言葉を言える自信がないから、スゥナは黙って帰ることを決意した。

「お姉様? どこですか?」

すっかり陽の暮れた裏庭には人影がなく、校舎の向こう側から後夜祭のざわつきが小さく聞こえてくるだけの、うら寂しい空間だった。ここが人間界で見る最後の光景かと思うと、スゥナはまた少しだけ気分が落ちこんだ。

あらかじめ決めておいた落ち合い場所はここだったはずだが、肝心のレイの姿がない。

「おかしいわ……お姉様が時間を守らないことなんて今までになかったのに」

なにかあったのかと不安になるスゥナの目の前に、一枚の紙がひらひらと舞い落ちてきた。手に取ると、それはレイからスゥナへの手紙だった。おそらく、どこからかここに魔法で転移させたのだろう。

『スゥナへ。野暮用ができたので、帰還するのは夜の十二時に変更します。レイ』

見慣れた文字は、簡潔に用件だけを伝えていた。もちろん、それがお姉様の思いやりであることはすぐにわかった。日付の変わるギリギリの十二時まで、スゥナに猶予《ゆうよ》を与えてくれたのだ。試験官であるレイにとっては、これが最大限の譲歩なのだろう。

(ありがとう、お姉様!)

スゥナは心のなかで礼を述べてから、駆け足で校舎へと戻った。もちろん行き先は、俊哉のいる教室だ。

「やれやれ。私もあの子にはとことん甘いわね……」

スカートを翻《ひるがえ》しながらすごい勢いで遠ざかっていくスゥナの背中を見送りながら、レイは自嘲気味に呟いた。この処置が吉と出るか凶と出るかは、レイにもわからなかった。

「頑張りなさい、スゥナ。どんな結果になっても、私は最後まであなたの味方だからね」

教室に戻ると、まだ数人の生徒が残っていた。俊哉と詩織の姿もあった。なぜか二人とも、まだ王子とシンデレラの衣装を着たままだった。

「あ、スゥナ」

スゥナに気づいた俊哉が寄ってくる。

「どこ行ってたんだ？　探したんだぜ、お前のこと。後夜祭、お前も行くだろ？」

どうやら後夜祭で踊るために着替えないでいたらしい。

「え……でも……」

俊哉と踊れるというのは大いに魅力だったが、それはあくまでも自分がシンデレラであればの話だ。それよりなにより、今のスゥナに残された時間はあとわずかしかないのだ。

「あの、ちょっとだけお時間、いいですか？　お話ししたいことがあるんです」

「俺？　あ、うん、大丈夫だけど」

俊哉はすんなりとスゥナの申し出を受けた。

「俺、後夜祭はあとから合流するよ。詩織もクラスの連中と一緒に先に行ってて」

「……ええ」

俊哉にあとを託された詩織が、一瞬だけスゥナを見た。まるでこれからすることを見抜かれているような気がして、スゥナは反射的に目を逸《そ》らしてしまう。
（ごめんなさい、詩織さん。今だけ、ほんの少しの間だけ、王子様を貸してくださ
い）
詩織の視線を背中に感じつつ、俊哉と一緒に教室を出た。
「で、話って？　一度学校の外に出て、なんか食いながらでも話すか？」
「いいえ、学校でお話ししたいんです。……ここには、いっぱい思い出がつまってい
ますから。嬉しかったことも、そうでなかったことも」
文化祭が終わってすでに数時間が経過している校舎は、後片づけをしていた生徒た
ちも大半が帰り、だいぶ静寂さを取り戻していた。が、それでも後夜祭に参加する生
徒も多く、落ち着いて話せそうな場所がなかなか見当たらない。ちょっと思案してか
ら、
「こっちです」
「おい、そっちの校舎はもう閉まってるぜ？」
一般教室のある校舎とは別の校舎にスゥナが歩いていく。図書室や資料室などがあ
る校舎で、今日は文化祭の終了と同時に施錠されているはずだった。
「ここなら静かですから」

案の定、入り口は施錠されていたが、スゥナは魔法で簡単に開けてしまう。

「へえ、魔法ってすごいんだな。何回も見てきたけどさ」

「魔法ではどうにもならないことのほうがずっと多いんですけれど」

「確かにな」

消灯された校舎を二人並んで歩く。隣りの校舎の灯りを頼りに、足もとに気をつけながらゆっくりと進む。

「どこに向かってんだ?」

「……ここです」

「保健室?」

真っ暗な保健室には、当然のように誰もいなかった。灯りをつけると不法侵入がバレるので、月明かりを頼りにベッドと丸椅子にそれぞれ腰かける。目が慣れてくると、互いの顔くらいは充分に判別できる明るさだった。

「そうだ、言うの遅れたけど、おめでとう。これでスゥナは晴れて魔法使いに合格したことになるんだろ?　ええと、あと数時間で日付が変わるから、それまで俺と詩織が別れなければいいんだよな」

以前についたスゥナの嘘を信じたままの俊哉が、時計を見ながら言った。

「あ……はい、ありがとうございます。でも、最後の最後で失敗しちゃって、やっぱり私、落ちこぼれなんだなって思い知らされました」

「失敗？　ああ、あれね。でもなんとか切り抜けたじゃない。お客さんも喜んでいたし、結果オーライだよ。クラスの連中には、あれは俺が勝手に仕掛けておいた手品ってことにしといたから」

詩織も一緒になって誤魔化してくれたので、なんとか納得してもらえたらしい。

「俊哉さんには最初から最後まで助けてもらいっぱなしでした。本当にありがとうございます」

「へへ、あらためて言われると照れるな……」

ベッドの上で俊哉がぼりぼりと頭を掻く。

「でも、あと一度だけ……これが本当に最後ですから、どうか俊哉さん、私を助けてください」

カタン。

スゥナが椅子から立ちあがる。月を背にしているため、俊哉からは逆光で表情がわからない。

「スゥナ？」

囁《ささや》くような声で呪文を詠唱すると、ほのかな光がスゥナの全身を包みこんだ。

「シ……シンデレラ？……」

光が消えた後には、詩織が着ていたものと同じドレスをまとったスゥナが立っていた。

「どうですか、俊哉さん。やっぱり私には似合いませんか？……」

「い、いや……綺麗だよ。とても似合ってる。嘘じゃない」

その言葉にスゥナの頬がぽうっと染まる。白いシンデレラの衣装が、月明かりを浴びて淡く光っている。

「俊哉さんは違うって言ってくれましたけど、やっぱり私、魔法使いとしては落ちこぼれです」

ガラスの靴をコツコツと鳴らしながら、スゥナがベッドに歩み寄る。

「ごめんなさい」

「スゥナ!?」

スゥナは俊哉にいきなり抱きつくと、そのままベッドに押し倒した。シンデレラが王子に馬乗りになるという、どこか奇妙な構図になる。前屈みになっているため、大きく開いた胸もとから深い胸の谷間が露わになる。詩織よりもひとまわりふくよかな胸のふくらみだった。

「私も、一度でいいから王子様に抱かれるシンデレラになりたかった……」

白いレースの手袋で、そっと俊哉の頬を撫でる。愛《いと》おしげに、何度も、何度も撫でる。気づかぬうちに、スゥナは泣いていた。どうして泣いているのか自分でもわからぬまま、涙は次々に溢れてくる。

「ごめんなさい」

もう一度、謝る。

「好きになって、ごめんなさい。私、俊哉さんが好きです」

「スゥナ……」

予期せぬ告白に俊哉も戸惑っている。

「魔法使いである前に、私だって一人の女の子です。……それとも、こんな女の子は嫌いですか？」

「き、嫌いだなんて、そんな……。スゥナは可愛いし、いつも一生懸命だし、俺は好きだぜ？」

ここでの「好き」は、もちろん男女間の好きとは違う。スゥナもそれはわかっていたが、今はもうそんなことは関係なかった。ここまでやってしまった以上、後には退けない。それに、もう残された時間はあとわずかなのだ。

「思い出を、ください。私が俊哉さんと知り合えたこと、私が俊哉さんを好きになったこと、そして……俊哉さんが私のことを忘れないために、思い出をください。スゥナの、最後のわがままです」

スゥナの唇が小さく動き、囁《ささや》くような声で呪文が紡《つむ》ぎだされた。

「え、か、体が……動かない？……」

俊哉の全身を、見えないなにかがベッドに押しつけてくる。まるで空気がそこだけ重くなったような感じで、いくら力をこめても指一本も動かせない。そのくせ息苦しさはないのだ。

「どうですか、スゥナの魔法は？　不思議ですね、いつもはこんなにつづけて成功しないのに。俊哉さんのことを想いながらだと、魔法もうまくいくみたいです」

俊哉が動けないのを確認してから、スゥナが身体を重ねてくる。胸と胸が密着し、広く開いた襟もとからマシュマロのような乳房がむにゅりと押しだされる。

「スゥナ、ちょ、ちょっと……」

「俊哉さん……スゥナのファーストキス、もらってください……」

レイとのキスは、この際カウントしないことに決めた。

潤んだ瞳、桜色に染まった頬、そしてつやつやした可愛らしい唇が俊哉の顔に迫る。

(俊哉さん……)

そして、二人の唇が重なった。身動きのとれない王子の唇を、シンデレラが奪うという構図だった。

「今のがファーストキスです。そして、これがセカンドキス」

たてつづけに唇を重ね合わせる。今度は舌を伸ばし、俊哉の口のなかを味わう。レイに仕込まれた舌技を駆使すると、最初は抵抗していた俊哉も、次第に自分から舌を動かしてくるようになった。

たっぷりと唾液を舐め合い、互いの舌粘膜をこすり合わせる。口の端から涎が溢れるのもかまわず、スゥナは一心不乱に初恋の男とのディープキスを堪能《たんのう》する。

「ふう……。どうでしたか、スゥナのキスは」

「ど、どうって言われても……」

「詩織さんより、よかったですか?」

「………」

無言が、俊哉の返答だった。俊哉を悦ばすことができたスゥナが、満足げに微笑む。

(そっか、私、詩織さんよりもキス、上手いんだ)

これまでの人生であまり人より優れていたという経験のなかったスゥナにとって、これは大きな喜びだった。そのことが自信となり、さらに弾みがつく。

「今度は、他の場所にもキス、しちゃいますね」

積極的なシンデレラが、身動きできない王子様のワイシャツを次々にはずしていく。白い手袋で胸板や脇腹を優しく撫でながら、小さな乳首を口に含む。

「うっ……スゥナ……あぁっ」

（あ、俊哉さん、感じてるんだ。男の人も、やっぱり乳首吸われると、気持ちいいんだ……）

動けないのをいいことに、スゥナは散々俊哉の上半身を責めたてた。いつもはレイに責められるだけなので、その反動もあるかもしれない。

「俊哉さん、そんなに気持ちよかったですか？　スゥナに乳首ちゅうちゅうされるの、感じちゃいましたか？」

「あ、ああ……」

俊哉が気まずそうに答える。

「なら、今度はスゥナも気持ちよくしてください。たぶん詩織さんよりも大きいですよ、スゥナのおっぱい」

ドレスをするりと肩からおろし、陶磁《とうじ》のように白く、張りのある乳房を露わにする。処女らしく可憐《かれん》な色づきの乳輪の中央では、すでに乳首がピンと尖っていた。

（ああ、恥ずかしい……。俊哉さんが、私のおっぱい、見てる！……）

羞恥に目もとを染めたスゥナが、少しだけ身体の位置を上方にずらした。そのまま上体を折ると、ちょうど俊哉の顔に乳房が来る。

「お願いです、スゥナのいやらしい乳首、舐めてください。……あ、あぁぁん！」

期待にふくらんだ乳首が、俊哉の唇に挟まれた。舌で乳頭をつつきながら、ちゅうちゅうと音をたてて吸われてしまう。

「ああ、そ、そんなに強く吸ったら……あン、ダメです、乳首が……スゥナの乳首、どんどん引っ張られちゃいますぅ……ああ、はぁんっ」

レイの繊細な愛撫とは違う乳首責めに、スゥナの声はどんどん大きくなっていく。

「こ、こっちの乳首も吸ってくださいぃ……ああ、そ、そうです、もっと……ああっ、かっ、噛まないで、スゥナの乳首、歯でコリコリしちゃらめぇえ！……」

左右の乳首を散々吸いたてられたスゥナの全身に、じっとりと汗が滲《にじ》む。息も荒くなり、呼吸に合わせて豊かな乳房がたぷたぷと揺れている。

「俊哉さんのココも、もう元気いっぱいですね……」

いた。
「うぅっ！」
ズボンの上からでもはっきりわかるほど、俊哉の股間はパンパンにふくれあがって
いた。
「苦しいですよね？　今、スゥナが楽にしてあげますね」
一度フェラチオを経験していることもあり、勃起したペニスを見ることにそれほど
抵抗はなかった。ベルトをはずし、ズボンを膝までおろす。一度唾を呑みこんで心の
準備をしてから、トランクスも一気に脱がしてしまう。
ブルン！
（お……おっきい！……）
以前見たときも大きいと思ったが、今回はさらに巨大に感じられた。
（お口でも苦しかったのに、本当にコレ、私のアソコに入るのかしら……）
俊哉の肉棒はピクピクと苦しげに震えながら、先端からは大量の先走り汁を溢れさ
せている。肉胴に巻きついた血管がグロテスクで少しだけ怖かったが、これも俊哉の
一部だと思うと、逆に愛《いと》おしくすら思えてくる。
「くっ……ス、スゥナ……」
（いけない、魔法が切れてきた!?）

フェラチオで充分に濡らしてから挿入しようと思っていたが、俊哉を拘束している魔法が消えかかっている。俊哉の体が、少しずつではあるが動きはじめてきたのだ。

ここで俊哉が正気を取り戻し、スゥナを拒絶する可能性もある。

(ここまできてそんなの、イヤっ)

なんとしても俊哉に初めてを捧げたいスゥナは、予定を早め、一気に挿入することを決意した。ドレスの下には、最初から下着は着けていない。スカートのなかに手を入れ秘所の濡れ具合を確認すると、

(やだ……私のココ、すごく濡れてる……)

自分が思っている以上に興奮していたのだろう、処女の泉は充分すぎるほどに潤っていた。

(これなら、大丈夫、だよね……)

ドレスの裾を口に咥《くわ》え、あまり毛の生えていない肉土手を曝《さら》けだす。

(あ……俊哉さんが私のアソコ、見てる……スゥナのいやらしく濡れたオマ×コ、じろじろ見られてるぅ……)

ドレスの裾をキツく嚙みしめながら、ゆっくりと腰の位置を調整する。ティアラをかぶり、美しいドレスに身をまとったシンデレラが、騎乗位で処女を王子に捧げよう

としている。

両手で肉棒を固定し、少しずつ腰を落としていく。

「ん……っ！」

亀頭が処女のクレヴァスに触れた。

（こ、このまま……このままで……っ）

目尻に涙を溜めたスゥナが、処女喪失の恐怖と戦いながら腰を静かに沈める。

「んんっ……ふっ……んふううぅッ」

未通の肉道を亀頭が残酷に押し分けて侵入してきた。処女の狭い膣穴が必死に純潔を守ろうとペニスを押しかえそうとするが、それは悲しいくらいに非力で、儚《はかな》い抵抗だった。

「ンアア……ングウウッ!!」

ピリ……ッ。

なにかが音をたてて破れたような、そんな気がした。それと同時に、身体を真っ二つに引き裂くような激痛がスゥナを襲った。

（痛い……痛い痛い、痛いいいぃっ!!）

処女膜が破られる痛みは、想像以上だった。心臓が脈打つたびに、ドクドクと血が

流れていくのがはっきりとわかった。どれだけ出血しているのか見るのが怖くて、スゥナは目を開けられなかった。

(やだやだ……怖いよぉ……)

俊哉の肉棒は、すでにすべてスゥナの胎内に収まっている。が、痛みと恐怖で、腰を動かすことはできなかった。

「スゥナ……大丈夫か？」

魔法の力がかなり薄れてきたのか、俊哉が心配そうな顔をしながら、上半身を持ちあげてきた。どうやらスゥナをおろそうとしているらしい。

(ダ、ダメ！　まだ、まだ終わってないのにっ)

裾を咥《くわ》えたまま、プルプルと首を振って拒絶するスゥナだが、俊哉はそれを無視する。ボロボロと大粒の涙を見せられて平気でいられる性格ではないのだ。

「無理するなよ。痛いんだろ？」

(痛くないです、痛くないですから……っ！)

こんな中途半端で終わるのはいやだった。ここまで来たら、ちゃんと最後まで貫き通したい。

せめて少しでも痛みを和らげようと、スゥナは自分をどかそうとしていた俊哉の手

を取り、

(俊哉さん、スゥナのおっぱい、揉んでください)

しっとりと汗ばんだ乳房に押しつけた。

「んふっ……ん、んあ、ふあぁぁ……っ!」

胸を好きな相手に触られていると思うだけで、いくらか破瓜《はか》の激痛が薄れたような気がする。俊哉もスゥナを気遣ってか、優しく乳房を撫でてくれた。

(あ、イイ……おっぱい、溶けちゃいそう……)

そのまましばらくの間、俊哉の愛撫に身を任せていると、あれほどひどかった痛みが薄れていくのがわかった。痛みはまだ残っているが、身体を引き裂くようなあの激痛は引いたようだった。肉棒をぎっちりと包みこんでいた媚肉が緩やかにほぐれはじめるのが自分でもわかる。

「あ……あん……あふ……ぅ」

もれる声にも次第に艶が混じり、桜色に上気した顔に切なげな表情が浮かぶ。

(なんだか……だんだん、感じてきちゃ、う、ああ、俊哉さんの、熱くて大きい……っ)

一度感じはじめた女陰は急激に熱を帯び、新たな愛液をとろとろと溢れさせていく。

痛みに硬直していた膣粘膜はすっかりとろけ、愛《いと》しい男のペニスを揉みほぐすように蠢《うごめ》きだしていた。

「す、すごいよ、スゥナのなか……どんどん熱くなって、締めつけてくる！……」

スゥナの変化を一番敏感に感じていた俊哉の口から、そんな言葉がもれた。つらそうに眉をひそめ、必死に快感を押し殺している。

（俊哉さん、感じてるんだ。スゥナのなかでオチン×ン、こんなにピクピク動いてるっ）

自分が俊哉を悦ばせていることがスゥナの肉体にも影響を与える。ドレスの下の乳首や包皮から顔を出したクリトリスが痛いほどにしこり、後ろの穴までもがヒクヒクと震えてしまうのだ。

（ダメ、もう……ああン！）

気づけば痛みは消え去り、痒みにも似た焦燥だけが残った。

本能の命ずるままに腰を前後に軽く揺すってみると、

「ンンンーっ！　んむっ、むふううン！」

信じられないほどに甘美な、そして燃えるような悦楽が背中を駆けあがった。全身の毛穴が開き汗が噴きだす。快感に小鼻が開き、口に咥《くわ》えたドレスに涎れの染みがひろがる。

(気持ちよすぎて、変になっちゃうぅ！　スゥナの身体、ふわふわ浮かんじゃうよー！)

痛みが消えた下腹部からは、甘い快感だけが感じられた。腰が勝手に動きはじめ、俊哉の肉棒を貪《むさぼ》るように円を描く。破瓜《はか》の血に代わり、白く泡立った愛液がペニスを伝い落ち、ぐちぐちと淫靡《いんび》な水音を夜の保健室に響かせる。

「ああ、あっ、イイ、き、気持ちイイですぅ」

こみあげてくる快感に耐えきれず、スゥナは咥《くわ》えていたドレスを離してしまった。腰を前後左右に激しく振るたびに、たくましい勃起が貫通したばかりの膣壁を荒々しくこすする。敏感な膣粘膜に熱いペニスが触れるだけで、泣きたくなるほどの悦びが全身を貫いた。

「アア、あン、イイ、俊哉さんのオチン×ン、熱いですっ！　スゥナのいやらしいオマ×コが、俊哉さんでいっぱいこすられてますぅ！」

幼い顔に似合わない卑語を叫びながら、スゥナの腰の蠢《うごめ》きが激しさを増していく。臼《うす》を引くような円運動に加え、それに上下のピストンも加わる。

「ひいっ、ひっ、いひぃぃッ！　感じる、お腹の奥、感じますっ！」

俊哉の手を乳房に思いきり押し当てたまま、淫乱シンデレラは狂ったように腰を振るいつづけた。

一方の俊哉も、いよいよ近づいてきた限界に歯を食いしばって堪《こら》えている。

「だめだ、俺……こ、これ以上は、無理、だ……」

「わ、私も、スゥナも、もうイキそうです……ああ、初めてなのに、初めてのエッチなのに、スゥナ、イッちゃいます……あ……ああっ、イク……イク……ッ!!」

「ぐうッ！」

二人の体が同時に絶頂を迎える。

すさまじい膣圧に搾り取られるように俊哉が熱い精液を放てば、

「出てる……スゥナのお腹に、いっぱい熱いの、出てます……ぅ」

膣内射精の刺激にスゥナが全身を震わせてアクメに達する。

「ああ……俊哉さん……俊哉さん……」

うわごとのように呟きながら、スゥナはそのまま俊哉の上に崩れ落ちていった。

(やっぱり気になるわ)

俊哉とスゥナが一緒に消えてからそろそろ三十分が過ぎようとしていたが、詩織は一向に胸のもやもやが消えないことに苛立《いらだ》っていた。後夜祭のキャンプファイアーを途中でキャンセルし、シンデレラの衣装のまま校舎に戻った。

(なんだかいやな予感がする……)

いつもなら別に俊哉とスゥナが一緒でもなんとも思わないのに、なぜか今日は胸騒ぎがするのだ。理由はなく単なる勘なのだが、それが余計に不安を増大させた。理由のない不安を消し去ることは容易ではない。

スゥナが俊哉に想いを寄せていることはなんとなく気づいていた。同じ女として、同じ男を好きになった者同士、通じるところがあったのかもしれない。

それでも別に嫉妬《しっと》しなかったのは、俊哉が浮気をしないという自信があったからだ。その点、詩織は俊哉を信頼していた。そういう人だからこそ好きになったのだから。

だが、それでも今夜だけはいやな予感が消えてくれない。

(ごめんね、俊哉くん)

まるで夫の浮気を疑う妻のような気分になりながら、詩織は俊哉を探しはじめた。

下駄箱に靴が残っていたので、まだ校内にいるのは間違いない。しかしどの教室を見てまわっても、俊哉もスゥナも見つけることはできなかった。

(あとは……あそこか)

立ち入り禁止のはずの旧校舎に向かう。案の定、施錠されているはずの扉が開いている。

(人の声？……)

真っ暗な廊下に、なにやら人のものらしき声が聞こえた。声というよりは、呻《うめ》き声、喘ぎ声に近い。いやな予感はさらに増大し、自然と足が速くなる。

(保健室から聞こえてくる？……)

声の出所はすぐにわかった。足音を殺しながら慎重に保健室に向かう。

扉は開いたままだったので、詩織は気づかれることなく室内に侵入できた。ここに来て、自分の予感は的中していたことに愕然とする。ベッドの上で体を重ね合っているのは、まぎれもなく俊哉とスゥナだったのだ。

しかも、どうやら二人とも絶頂の直前らしい。

(嘘……俊哉くん!?)

一瞬、俊哉の浮気を疑った詩織だったが、よくよく見るとどこかおかしい。俊哉は体を動かせないようだ。

(もしかしてスゥナちゃん、魔法を使ったの?……)

となると、スゥナは魔法を使ってまで俊哉と結ばれようとしたらしい。しかも、結合部から見える鮮血はスゥナが処女だった証だ。

(処女なのに……自分から上になってするなんて……)

そこまで俊哉のことを想っていたスゥナに、詩織の怒りが少しずつ消えていく。同じ女として、共感のような感情も湧いてくる。もし自分が逆の立場だったとすれば、今のスゥナを一方的に責められないと思った。

(一度だけなら……スゥナちゃんはもう自分の世界に帰っちゃうわけだし……)

そんなふうにも思った。

(考えてみれば、私と俊哉くんを結びつけてくれたのもスゥナちゃんなんだし、一度くらいなら……)

俊哉の初めては自分だったということもあり、詩織は寛大な気持ちで二人の行為を見逃すことにした。自分が正妻である余裕と言えなくもない。だが、足に根が生えたように、一歩もここから動くことができなかった。

っていた。

（これじゃ私、出歯亀《でばがめ》じゃないの……）

詩織のそんな葛藤《かっとう》をよそに、ベッドの上の二人はいつの間にかラストスパートに入

「大丈夫、スゥナ？」

すぐ横で詩織が悶々としているなどまったく気づかずに、俊哉とスゥナは絶頂後の気怠い心地よさに浸っていた。

「はい……ごめんなさい、俊哉さん。こんなことに魔法使うなんて、本当に私、落ちこぼれですね……」

「……」

「本当は、ここでお別れするべきなんですけど、でも、でも……」

艶めかしく上気した顔で俊哉を見つめる。

「スゥナ？」

「ダメです、まだお別れしたくありませんっ。私、もっともっと、俊哉さんとこうしていたいですっ。俊哉さんの温かさ、もっとたくさん感じていたいです！」

俊哉の頬に両手を添え、顔を寄せる。

「んむっ!?」

俊哉の唇を奪い、そのまま舌を伸ばす。

処女をもらってもらうことで諦めがつくはずだったのに、逆に別れがたい気持ちになってしまったのだ。

「や、やっぱり……一度だけじゃイヤです。スゥナ、今度は違う格好で俊哉さんにエッチしてもらいたいですぅ」

スゥナが甘えるようにそう言った瞬間、側で息を潜めていた詩織の我慢が臨界点を突破した。

「そこまでよ、スゥナちゃん、俊哉くんッ」

「きゃあ!」

「う、うわ、詩織っ!?　ど、どうしてここにっ」

詩織の強襲に驚いた二人が、思わず抱き合う。

「こら、いつまで抱き合ってるのよ!　いい加減、離れなさい!」

全身から嫉妬《しっと》と怒りを滲《にじ》ませた詩織が大声で怒鳴る。

「イ……イヤですっ。今、俊哉さんはスゥナの王子様なんですっ」

「な、なんですってぇ!?」

日頃、滅多に口答えをしないスゥナと、滅多に怒ることのない詩織が一人の男を挟んで竜虎のように睨み合う。しかも、二人ともシンデレラの格好をしているというのがミスマッチで、それが逆に怖い。二人の間に見えない視線が交錯し、激しい火花が飛び散っていく。

「い、一度なら大目に見てあげようと思ったけど、二度なんて許さないわよっ」

「いいじゃないですか、最後くらいっ。詩織さんはまだこれから何度も俊哉さんとエッチできるのに、私はもう、これが本当に最後なんですからぁ！」

「う……」

そう言われると詩織も反撃しづらい。

「シンデレラの魔法は十二時で解けるんです。ならばせめてその間だけでも、王子様を私に貸してくれてもいいじゃないですかっ。私……私だって、本当はシンデレラになりたか……っ……う、うう……うあああぁーっ」

スゥナの言葉は、最後は涙でかき消されてしまった。

「ちょ、ちょっとスゥナちゃんっ、な、泣くなんてズルいわよ！　これじゃ……これじゃ私が悪者みたいじゃないのっ」

「だって……だってぇ……うっうっ……うううぅ……」

童顔のスゥナが泣くと、まるっきり子供の泣き顔で、余計に詩織は怒りづらくなった。これが先ほどまで乱れた姿をさらしていた人物と同一とはとても信じられない。

「くっ……い、いいわ、そこまで言うなら、シンデレラの夢、認めてあげる。でもね、条件があるわ」

「条件？……」


「だからと言って、どうして詩織まで……」

「うるさいわよ、浮気者」

「お、俺のせいかよ……」

詩織の出した条件は、「エッチするなら、私も一緒に混ぜて」だった。

「ねえ俊哉さん、私と詩織さん、どっちのシンデレラが可愛いですか？」

「そんなの私よね、俊哉くん？」

狭いベッドの上で二人の美しいシンデレラが俊哉ににじり寄る。

「でもでも、スゥナのほうがおっぱい、大きいですよぉ？　ほらぁ、こんなにたぷたぷしてますぅ」

「あら、大きければいいってもんじゃないわよ、スゥナちゃん。おっぱいはね、やっぱり大きさより形よ、か・た・ち。それと感度ね」

二人のシンデレラが、ドレスから乳房を突きだしながら王子に迫ってくる。左右の頬に、それぞれの乳房をぐいぐいと押しつけ、どっちがいいかと聞いてくる。

(そんなの、答えられるわけないだろうが)

ある意味夢のような状況ではあるが、ある意味悪夢であるとも言えた。それなのに、思いきり反応してしまう自分の若い肉体が恨めしい。

「ふふふ、俊哉くんったら、私のおっぱいに感じてるのね。オチン×ン、こんなに硬くしちゃって……」

「違います、これはスゥナに反応してるんですっ」

このままでは延々と二人の争いがつづいてしまう。そこで俊哉は、二人を同時に責める作戦に出た。正直に言えば、女性を二人同時に、しかも美しいドレスをまとった美少女を相手にできるという稀有《けう》な状況に興奮してきたのだ。

(こうなったら、二人ともイカせてやるぞっ)

まずは詩織を責めることにした。

「詩織、そこにうつ伏せになって。……なんだ、もう濡れてるじゃないか。俺とスゥナのエッチを盗み見して興奮してたんだな?」

ベッドにうつ伏せになり、腰を掲げた詩織の股間は、もうすっかり愛液で潤んでいた。ドレス姿の美女が尻を高々と掲げる姿は煽情的で、俊哉のペニスはさらに硬度を増していく。

「やぁん、こんなの恥ずかしい……。ああ、ダメ、そんなとこ……詩織の恥ずかしいところ、指でひろげないでぇ……ああ、はぁんっ」

うっすらと開きかけていた大陰唇を指で割ると、溜まっていた愛液がとろりと糸を引いてシーツへと垂れ落ちた。

「うわ、すごいな、こりゃ。詩織のオマ×コ、もうぐちょぐちょじゃないか。見ろよスゥナ、このスケベマ×コを」

「うっわぁ……詩織さんのオマ×コ、べとべとですぅ。白っぽいおツユが、いっぱい溢れてきてますよお」

俊哉の意図を悟ったスゥナが、詩織を悦ばせるために、わざとそんな言葉遣いをした。詩織の性癖は、当然スゥナも知っているのだ。

「ああ、見ないでッ、お願いスゥナちゃん、私のそんなところ、見ちゃイヤあぁ！」

羞恥に全身を紅潮させる詩織は言葉とは裏腹に、もっと見てほしいと言わんばかりに桃のような美臀を左右に振っている。

「ほら、あんまり暴れるなよ。挿《い》れられないだろ？」

「あ……あぁ、あうぅぅンン！」

動かないようにがっちりと詩織の尻肉をわしづかみにしてから、一気に膣穴を貫く。

亀頭と膣襞に押しだされた愛液が、ぷちゅりとあたりに飛び散った。

「うああ、入ってる、おチ×ポ、奥まで入ってるぅぅッ！」

スゥナへの対抗意識だろう、詩織も卑猥な単語を口にする。後背位から貫かれながら、いつも以上に激しい反応を見せる。

（スゥナに見られているせいか、すごい締めつけだな……）

シンデレラをバックから犯すというのは、思いの外、興奮するシチュエーションだった。この純白のドレスとティアラは、男を狂わすなにかを持っているのかもしれない。剝きだしの背中が妙に艶めかしく、自然と腰の動きが速まってしまう。

（まずい、このままじゃ俺が先にイッちまう）

予定より少し早いが、次の段階に進むことにした。

詩織の身体を背後から抱きかかえ、そのまま後背座位に移行する。

「スゥナ、見えるだろ？　俺のが詩織のマ×コに出たり入ったりしてるの」

「あ……はい、見えます。俊哉さんのたくましいオチン×ンが、ずぼずぼと詩織さんのエッチな穴に入ってます」

この体勢だと、二人の結合部が正面から丸見えだった。しかも俊哉は背後から詩織の膝を持ちあげ、脚を閉じられないようにしてしまう。

「やっ、やだやだ、こんなのダメー！　イヤ、見られちゃう、スゥナちゃんに詩織のオマ×コ、全部覗かれちゃうぅぅ！」

「へへ、そんなこと言っても、詩織のココはすごい締めつけだぜ？　ホントはスゥナに見られて感じてるんだろ？　マン汁いっぱい垂らしながら、気持ちよくなってるんだろ？」

「うあぁ、ひ、ひどい……俊哉くん、そんなに詩織を苛《いじ》めないでぇ……あぁ、おかしくなっちゃう……私の身体、どんどん熱くなっちゃってるぅ！」

露出癖のある詩織にとって、この体位はすさまじい悦楽を得られるようだった。自らドレスの裾を持ちあげ、スゥナが結合部を見やすいようにしているのがその証拠だ。

「み、見て……詩織のいやらしいオマ×コ、もっと近くで……あぁ、恥ずかしい……でも、感じちゃうの……恥ずかしいことされると、どんどん感じちゃうよおッ」

ついさっきまでこの格好でシンデレラを演じていたのと同一人物とは思えないほどの変貌ぶりを見せながら、詩織は欲望のまま、淫らな声をあげつづけた。

深々と女陰を貫いた肉棒を、真っ白な本気汁が汚していく。大きくひろげられたクレヴァスの頂点では、極限までふくらんだクリトリスが肉莢《にくさや》を押し退けるようにして顔を出していた。

「すごい……詩織さんのココ、どんどんエッチになってきてます……」

詩織のあまりに淫らな姿に触発されたのか、スゥナがおずおずと結合部に顔を寄せてきた。

「クリちゃんも、こんなに大きくなっちゃってる……」

「ヒイッ!? そ、そんなっ……アア、ダメ、ダメよスゥナちゃん、クリを……クリを噛まないでぇ！　あひぃぃッ!!」

スゥナの前歯が、軽く詩織の肉豆をとらえた。ただでさえイキそうになっていた女体は、これで一気に絶頂への階段を昇りはじめる。

「あひゅっ、うひっ！　イグ、イッちゃふ！　お豆が、オマ×コが、もう弾けちゃふのお！　ああ、ダメ、許して、お願い、もう、もうっ……アア、アアアァーッ!!」

グン！

危うく俊哉の顔面に後頭部をぶつけそうになるほどに背中をのけ反らせ、詩織がアクメを迎えた。同時に詩織の股間からは透明な液体が噴きだし、スゥナの顔を濡らしていた。

「ああん……詩織さん、いっぱいお潮、噴いてる……わあぁ、こんなに出るんだ……すごぉい……」

　顔を汚されたことには動じず、スゥナが感動したように詩織の絶頂潮噴きを見つめている。詩織は気絶したのか、身体をひくひくと痙攣《けいれん》させたまま、ぐったりしていた。

　愛液と潮にまみれた分身を引き抜き、詩織を静かにベッドに寝かせる。

「さて、今度はスゥナだな」

「は、はひっ」

「んと……そうだな、そのまま詩織の上に四つん這いになって。……そう、そんな感じ」

　あお向けの詩織に重なるように、スゥナが言われた通りに四つん這いになる。それだけ見ると、まるでシンデレラがシンデレラを襲おうとしているようだ。

　先ほどの詩織のときと同じように尻をつかみ、スゥナの秘所を貫く。

「きゃふ！　ふああ……あっ、ああん、俊哉さんのが、また……ああ、太い……オチン×ン、熱くて太いですぅ！」

　ついさっきまで処女だったとは思えないほど、スゥナの肉襞は俊哉のペニスを優しく包みこんでくる。たっぷりと分泌される愛液が天然のローションとなり、狭い膣道でも、スムーズに腰を動かすことができた。

「うぅん、んっ、んん！　はあん、あん、ああん！」

（たっぷりと濡らしておかないとな）

二度目の挿入ということもあり、スゥナは最初のとき以上に快感を覚えているようだった。俊哉の動きに合わせ、自分から腰を振ってきたりもする。

（そろそろ、かな）

「スゥナ、ちょっとだけ我慢してくれ」

「え？　ああん、深いいぃ！……ああ……はうっ、ンンンン！　ふぅあぁぁ！」

返事をする余裕もないらしい。

「いくぞ」

「えっ!?」

それまで激しくスゥナを貫いていた愛《いと》しい肉棒がいきなり引き抜かれた。そして、たっぷりと愛液をまぶされたそれの先端が、膣穴の少し上の、菊のような窄《すぼ》みに押し当てられた。

「ひいっ！　そ、そんな……ダメです、そこは、そこは違います！　ああ……アアア

ア!!」

「力むなよ……それっ！」

スゥナに残されたもう一つの処女穴、アナルに亀頭が押しこまれる。

「ひぐぅ！　ヒッ、ヒイイ！　い、痛い、痛いですっ！　さ、裂けちゃう、スゥナのお尻、本当に裂けちゃいますぅ！」

「ほら、力を抜けって！　マジで裂けちゃうぞ！」

「は、はひっ」

ショックと痛みに泣きながらも、スゥナは言われた通りに力を抜く。大きく息を吐き、意志の力で括約筋の緊張をほぐした。痛みには無理に逆らわないほうがいいことをロストヴァージンで学んでいたのが多少は役に立った。

「どうだ？　まだ痛いか？」

肛門や直腸がペニスの太さに馴染むまでじっと動かずにいた俊哉が、ハアハアと息を荒げているスゥナに尋ねる。最初は握りつぶされそうなほどだった括約筋の締まりも、今はかなりほぐれていた。

「はい……あ、へ、変です……お尻が……スゥナのお尻の穴、なんだかむずむずして……ああっ、こ、こんなの……こんなところで感じちゃうなんて……んあぁっ」

痛みの消えたアナルは、いきなり性感帯になった。排泄器官を犯されるという汚辱感すら、今のスゥナには快感を得るスパイスになった。元々アナルで感じる才能もあったのだろう、膣穴よりもむしろこっちの窄《すぼ》まりのほうが激しい愉悦を生みだしてきた。

「うああ、お、犯されてますっ。私、シンデレラなのに、王子様にお尻の穴を犯されて、いっぱい感じちゃってますぅ！　んひぃ、ひゃふ、ふあぁぁッ！」

あまりの快感に手から力が抜け、詩織の上につぶれてしまう。

「え……あ？」

その衝撃に、ようやく詩織も目覚める。

「うああッ、お尻、お尻が熱ひぃ！　らめっ、イク、スゥナ、お尻の穴でイッちゃひまふぅぅ！」

「スゥナちゃん、お尻で……お尻の穴でセックスしてるの!?」

事情を悟った詩織が驚きに目を見張る。しかし驚いたのは一瞬だけで、なにかを思いついたのだろう、すぐに悪戯《いたずら》っぽい笑みを浮かべる。そして先ほどの仕返しとばかりに、物欲しげにヒクついていたスゥナの蜜壺に指をいきなり挿入したのだ。

「くひぃぃッ！　ヒッ、ダメ、詩織さん、そこ……うああ、指、ダメぇ！　オマ×コとお尻、両方苛めちゃダメれふうッ！　ンアア、こすれてふ、前と後ろ、指とオチン×ンがぐりぐりしてくふぅ！」

愛くるしい童顔を淫蕩《いんとう》にとろけさせながら、ドレス姿の魔法少女が切羽つまった呻《うめ》きをもらす。開通させられたばかりの二穴が、信じられないほどの快感を送りこんでくる。レイとの行為では愛撫どまりだったスゥナにとって、前後を同時に責められるのは想像を絶する絶対的快楽であった。レイによって性感を開発されている分だけ、余計に快感が鋭い。

小さなアクメを連続して迎えながら、徐々に巨大なフィナーレが近づいてくる。あれほどキツかった直腸は第二の膣襞のよう肉棒に絡みつく。一方、詩織の指に嬲《なぶ》られている肉襞も際限なく愛液を溢れさせている。

「ああ……もう……もうダメです……ふあぁ……飛んじゃいます……私、どっかに飛んでっちゃいまふぅ……ひゃあぁ、はひゅ、ふううううぅッ!!」

プシュウウウ！

先ほどの詩織と同じように大量の潮を噴きだしながら、スゥナが二度目の絶頂を迎えた。

「イク、イッてる、スゥナ、またイッてますぅ！　ああ、はあぁっ！」

初めてのアナルアクメに括約筋が急激に締まる。

「あ、出る……俺も、また出る……っ……ウウッ」

「ヒン、ヒイィン！　お尻、出てる……アナルに精液、注がれてますぅ！　アァッ！」

直腸でザーメンを受けとめながら、スゥナはゆっくりと崩れ落ちていった。ぐったりとしたスゥナの身体を、詩織が優しく受けとめる。つづけざまの衝撃に、肉体が限界を超えてしまったようだった。

「ふふふ……見てよ、俊哉くん。スゥナちゃん、とっても幸せそうな顔してるわよ」

詩織の言う通り、スゥナはまるで天使のような笑顔で寝息をたてていた。

4 そして十二時

後夜祭も終わり、文字通り、祭りの後の寂しさがあたりに充満している夜の学校に、俊哉と詩織、そしてスゥナは立っていた。少し離れたところには、レイの姿も見える。

時刻は現在午後十一時五十四分。周囲にはまったく人影もない。聞こえる音も、時折り吹く風の音だけだ。

あと数分で日付が変わる。そしてそれは、スゥナとの別れを意味していた。

「スゥナちゃんこそ、まるで本当のシンデレラみたいね。十二時になれば魔法が解けてしまうなんて」

「でも、王子様は最後にはシンデレラを見つけてくれますよ、詩織さん。それに、王子様はもう、シンデレラのことをちゃっかり……じゃない、ええと……そう、しっかりとつかまえているじゃないですか。正直、妬《や》けちゃいます」

深夜の校庭で、スゥナとレイ、俊哉と詩織が向かい合っている。月の光が優しく四人を照らしていた。生徒も教職員もいなくなった夜の裏庭は、ここが学校であるとは信じられないほど静寂に包まれていた。

「もう、会えないのか?」

「はい。こちらの世界に来ること自体、とても珍しいことなんです。優秀な魔法使いになれば短期間の来訪は許可されていますが、落ちこぼれの私には無理ですね」

スゥナは寂しそうに小さく笑うと、そう答えた。

「お前は落ちこぼれじゃないって何度も言っているじゃないか。それにこの一カ月で、お前は絶対に成長した。それだけは間違いない」

魔法使いの証であるコスチュームに着替えたスゥナは、確かに一カ月前よりもたくましく見えた。外見は変わらないのに、初対面のときとは明らかに変わっていた。

「そうでしたね。……はい、いつかきっと、立派な魔法使いになってまたお二人に会いに来たいと思います」

それがおそらくは無理だということは、俊哉にも詩織にも、そしてスゥナ本人にもわかっていた。けれど、絶対に無理だとも思っていない。思いたくなかった。

時計の針が、また進む。確実に別れの時間は近づいてきた。

「詩織さん、お願いがあります。私が一時でもシンデレラであった証に、詩織さんが着ていたドレス、頂けませんか」

スゥナの着ていたドレスは魔法で出したものなので、もう消えている。

「いいわよ」

詩織は持っていた紙袋をスゥナに差しだした。なかにはドレスとティアラが入っている。

「あれ？　ガラスの靴はないんですか？」

「あ、それは鞄《かばん》のなか。紙袋に入りきらなかったの」

鞄のなかからガラスの靴を取りだし、スゥナに渡す。紙袋はドレスとティアラでぱんぱんだったので、スゥナは両手で靴を抱きかかえる。

「ありがとうございます、詩織さん。……大事にしますね、これ」

「スゥナ、そろそろ……」

それまで遠慮して口を挟まないでいたレイが、そっと告げる。

「はい、お姉様。……では俊哉さん、詩織さん、これでお別れです」

レイが呪文を唱えた。あたりの空気がビリビリと震える。帰還の魔法がはじまったのだ。

「スゥナ……」

「スゥナちゃん……」

自分の名を呼ぶ二人から一歩さがり、スゥナも最後の仕事に取りかかる。意識を集中し、魔法のイメージを明確に脳裏に描きだす。

「最後に一つだけ、無礼をお許しください。お二人の記憶から、私たちに関するものを抹消させてもらいます。私たちに関するものも、処分します」

「なっ……」

俊哉がなにかを言いかけ、スゥナに駆け寄ろうとする。が、それよりも早くスゥナの魔法が完成する。

「これは規則なんです。……ごめんなさい、これが私の、この世界で使う最後の魔法です……」

反射的に差しだした俊哉の手は、スゥナには届かなかった。スゥナのコスチュームがまるで月のような光を放った。柔らかく、そして温かい青白い光の渦《うず》があたりにひろがり、俊哉と詩織を呑みこむ。

「スゥナ……っ」

「スゥナちゃん……」

俊哉と詩織の意識が急速に遠ざかっていく。

「さよなら、俊哉さん。私の大好きな人……」

空中にぽっかりと黒い穴が浮かんでいる。どうやらそれが魔法界への扉らしい。レイが穴のなかからスゥナを待っている。

「さよなら、詩織さん。そして、ごめんなさい。俊哉さんとお幸せに……」

そして、時計の針が十二時を指した。

カーテンコール？ おかえり、魔法少女

文化祭の興奮も去り、平凡で退屈な、けれど平和な日常が戻ってきた秋の日曜日。

「お邪魔します」

私服姿の詩織が、几帳面《きちょうめん》に脱いだ靴をそろえてから二階の俊哉の部屋へ向かう。

「誰もいないから気にしないでいいよ」

「わ、わかってるけど……でも、なんだかそれだと、その……アレが目的で来てるって露骨すぎるじゃないの」

「いいじゃん、エッチが目的なんだから。それとも、本当に真面目にテスト勉強する？ 俺はそれでもいいけどさ」

「うぅ……俊哉くん、最近ちょっと意地悪……」

来週に迫った中間テストの勉強会……という名目で俊哉の家にやってきた詩織が、不服そうに頬をふくらませる。以前の詩織だったらまず見せないような表情だった。

(こういう顔が可愛いんだよなあ、詩織って)

「……なに、人の顔じろじろ見て」

「んー？　いや、可愛いなって思って」

「！…………」

一瞬で真っ赤になるところも、俊哉は大好きだった。そのくせエッチになると積極的で、そのギャップがたまらない魅力なのだ。

「そーいや、俺の部屋でエッチするのって初めてだな。いっつも学校とかだったから」

部屋に着くと、早速詩織をベッドに押し倒す。いつもの制服姿ではなく、ちょっとシックなタイトスカートの詩織に、俊哉の愚息はもう臨戦態勢に入っていた。

「あ、やぁん……い、いきなり、するのぉ？……あっ、ダメ……あぁぁ、そこ、指挿れちゃやだあ……はあぁン」

口では拒んではいるが、本気でそう思っているわけではない。形だけでも抵抗してみせることがお互いを興奮させるのだ。

「あぁ、ダメ、そんな激しくしたら、私……やだ、イッちゃう、もうイッちゃ……」

指で秘裂を掻きまわされていた詩織が早くも達しそうになる。くちゅくちゅと淫らな音をたてながら、膣壁が俊哉の指を締めつける。

「ほら、イッていいぞ。いつものように潮を噴きながら、思いきりイッちゃえよ」

「ああ、あっ、あっ、あぁぁ……っ!」

今まさに絶頂を迎えるというその瞬間、その少女はなにもない空間から現われた。

「うぎゃっ!」「ひゃふぅ!」

前者はその少女に下敷きにされた俊哉の悲鳴で、後者はいきなり指を引き抜かれた詩織の切なげな吐息だった。

「あわわわっ……ご、ごめんなさい、お楽しみの真っ最中でしたかっ!?」

その少女——スゥナは、以前とはちょっとだけ変わったコスチュームを身にまとってそこに立っていた。

「初めまして、俊哉さん、詩織さん。いきなりで驚かれたでしょうが、私、魔法の世界からやってまいりました……」

「スゥナだろ?」「スゥナでしょ?」

「って……あれ? なんで私のこと、覚えてらっしゃるんですか?」

最後の瞬間、記憶を消す魔法をかけたスゥナが不思議そうに首を傾げている。

「も、もしかして私……あの魔法、失敗してたんですかぁ!?」

「らしいね。たぶん、これが原因」

と、俊哉が部屋の隅に置いてあるガラスの靴を指で示す。それはあの『シンデレラ』の劇で詩織が使ったガラスの靴の、片一方だった。

「あぁ、こ、こんなところにあった！　あっちに戻ってから、散々探したんですよぉ!?　ど、どうしてここにっ!?」

「最後、お前がいなくなる瞬間、とっさに俺が手を伸ばしたんだ。そしたら、これをつかんでたってわけだ」

「あなたが帰った後も、二人ともしっかり覚えていたわよ、あなたのこと。クラスのみんなはすっかり忘れていたようだけど」

どうやらこの靴が記憶の消去を妨げてくれたのだと、俊哉と詩織は推測していた。

「はううぅ……やっぱり私、落ちこぼれですぅ……」

その場にぺたりと座りこむと、以前と同じように情けない声を出す。

「でも合格したんでしょ、魔法使いのテスト。服も前とは違うし」

そそくさと衣服の乱れを直しながら、その場を取り繕《つくろ》うように詩織が尋ねる。

「ええ、おかげさまで、なんとか丙種《へいしゅ》免許、いただきました。服が変わったのもそのせいです」

確かに以前着ていたものよりもフリルが減って、代わりに露出度があがったようだ。レイの着ていたものに近くなっている。気のせいかバストもさらに成長している。胸のあたりをちらちらと見ていた俊哉の腕が、詩織につねられる。

「痛っ」

「どうしてこっちに？」

俊哉を無視し、詩織がちょっとだけ警戒気味の声で尋ねる。スゥナに再会できたことは嬉しいが、俊哉を巡っての恋敵《こいがたき》であることも確かだからだ。

「はい、それなんですが」

スゥナの説明によると、丙種《へいしゅ》の次にある乙種《おつしゅ》試験（こちらで言うところの高卒に当たるらしい）に備え、こちらで勉強してこいとレイに言われたらしい。人間界でのほうがスゥナの魔法成功率がかなり高かったことも、魔法界のお偉方の許可を得る際に役立ったという。

もっともこれはスゥナに説明された表向きの理由であり、実際のところは異なる。

スゥナの魔法能力の高さは正式に認められ、エリート教育の一環として人間界に留学を指示されたのだ。俊哉の側では飛躍的に魔法成功率があがったというレイの報告も、人間界への渡航を後押しした。

「まあ、留学って感じですね。お二人の記憶が残っていたのは誤算でしたけど、そこはそれ、今後ともよろしくお願いします」

ぺこり。

初めて会ったときのように、深々と頭をさげる。あのときよりも胸の谷間は深くなっている。

「もしかしてあなた、また学校に通うの？」

「はい、もちろんです」

嬉しそうに答える。

「あ、それと」

スゥナは詩織に近づき、

「試験はもう合格しちゃいましたから、これからは堂々と俊哉さんを奪いにいきますからね。覚悟してください」

そんなことを耳打ちしてきた。

「あなた、ずいぶんと強気になったじゃない？」

「はいっ。だって王子様にガラスの靴を片方拾ってもらったんですから、今度は私が本当のシンデレラになる番です。それに正真正銘《しょうしんしょうめい》、魔法使いになったんですから、もう怖いものなんてありませんですぅ」

「……『白雪姫』の意地悪な魔法使いにならないことを祈るわよ、スゥナちゃん」

「あ、それもいいですね。毒リンゴ、作ってみましょうか？　うふふふ」

「ふふふふふ」

二人の美少女が、静かに笑いながら見つめ合っている。しかし、その目はまったく笑っていない。

「な、なに？　なんの話？」

一人事情を呑みこめてない俊哉が二人の顔を交互に見る。

この後、スゥナが巻き起こす数々の騒動の後始末に追われることを、まだ俊哉は知らない。

『シンデレラ』の後日談は定かではないが、こちらの王子様とシンデレラには、平凡で退屈な、けれど平和な日常は当分訪れそうにもなかった。

初秋の日曜日にはじまった不思議な物語は、こうして、晩秋の日曜日に新たなはじまりを告げるのだった。


終劇……？

美少女文庫
FRANCE SHOIN

Kiss《キス》～魔法少女《まほうしようじよ》は修業中《しゆぎようちゆう》

著者／青橋由高（あおはし・ゆたか）
挿絵／しんたろー・SHI-DEN
発行所／株式会社フランス書院
〒112-0004　東京都文京区後楽 1-4-14
電話（代表）03-3818-2681
（編集）03-3818-3118
URL http://www.france.co.jp
振替　00160-5-93873
印刷／誠宏印刷
製本／宮田製本

ISBN4-8296-5733-2 C0193

原稿大募集 新戦力求ム!

フランス書院美少女文庫では、今までにない「美少女小説」を募集しております。優秀な作品については、当社より文庫として刊行いたします。

◈応募規定◈

★応募資格

※プロ、アマを問いません。

※自作未発表作品に限らせていただきます。

★原稿枚数

※400字詰原稿用紙で200枚以上。

※フロッピーのみでの応募はお断りします。
必ず**プリントアウト**してください。

★応募原稿のスタイル

※パソコン、ワープロで応募の際、原稿用紙の形式にする必要はありません。

※原稿第1ページの前に、簡単なあらすじ、タイトル、氏名、住所、年齢、職業、電話番号、あればメールアドレス等を明記した別紙を添付し、原稿と一緒に綴じること。

★応募方法

※郵送に限ります。

※尚、応募原稿は返却いたしません。

◈宛先◈

〒112-0004　東京都文京区後楽1-4-14
株式会社フランス書院「美少女文庫・作品募集」係

◈問い合わせ先◈

TEL: 03-3818-3118
E-mail: edit@france.co.jp
フランス書院文庫編集部